잔나비를 듣다 울었다

잔나비를 듣다 울었다

그 소란한 밤들을 지나

정은영 + 생경 + 성영주

mons 몽스북

0

프롤로그

성영주

"잔나비를 듣다 울었다."

"고레에다 히로카즈 영화를 보다 울었다"라거나 "에밀 아자르 소설 혹은 최진영 작가의 책을 읽다 울었다"보다는 왠지 드러내 얘기하기가 멋쩍어진다. 뭐랄까. 하나도 특별할 게 없어 보인달까.

"나는 읽기 쉬운 마음이야, 당신도 쓱 훑고 가셔요."

— 잔나비 〈주저하는 연인들을 위해〉

그렇다. 우리는 분명 이 정념 가득한 노랫말을 듣고 울어본 적이 있다. 그것도 이별하고 펑펑. 어떤 이에게만큼은 유독 읽기 쉬운 마음이 되어 죄다 훑어졌던 경험. 이 책의 제목이 굳이 '잔나비를 듣다 울었다'가 된 이유다.

이것은 세 개의 이혼에 대한 이야기다. 남들 다 하는 그 이별 맞다. 굳이 동네방네 떠들 이유 없는 그 이혼 맞다. 그러나 누군가 코웃음 치며 "이별이 다 그렇지 뭐"라고 할 때, 그 개개인의 경험은 얼마나 유일하고 특별한가. 다시 "이별이 다 그렇지 뭐"라고 말하게 되기까지의 평범한 분투기다.

“경험은 우리에게 경험을 신뢰하지 말라는 교훈을 준다.”

미국의 소설가이자 문화비평가인 린 틸먼의 말이다. 이혼 경험에 대해 쓰기로 마음먹고, 바로 이 문장을 떠올렸다. 인류가 가장 보편적으로 겪는 공통 경험이 있다면, 바로 결혼일 것이다. 그러나 보편화해서 말할 수 없는 경험 중에 제일을 겨루자면 또한 결혼일 것이다. 독립된 성인 간의 결합, 불투명한 미래를 함께 해보겠다는 호기로운 약속, 생판 남끼리 일구는 가족의 탄생 등의 관점에서 인류의 가장 보편적 경험이지만, 역으로 한 개인의 가장 개별적인 선택. 그 가운데 개입되는 수많은 사람. 가족 친지 지인, 그래서 경험들. 누군가에게는 가장 잘한 선택이자, 어떤 이에게는 ‘미친 짓’. 하물며 행위의 당사자 간에도 현저히 다른 경험일 수 있는 것이 결혼이다.

결혼이라는 범주 안에서 범주화해서 설명할 수 있는 양상이란 없다는 얘기다. 누군가의 같은 경험이 나의 경험을 뒷받침해 주지 못한다는 말이다. 따라서 지금부터 우리가 할 이야기도 당신의 결혼과 이혼 경험에 있어 신뢰할 만한 근거로서 작동되지 않을 것이다.

우리가 앞으로 할 이야기는 '팩트 체크'를 거친 온전한 사실로서 신뢰해서는 안 된다. 다른 이들의 결혼 경험과 비슷한 부류일 수 없고, 사례가 되지도 않는다. 고작 한 명의 개인적 경험에 대한 지극히 편향적인 시선과 해석의 결과일 뿐.

다만 바란다. 이 신뢰할 수 없는 서술이 결혼과 이혼에 대한 좀 더 폭넓은 이해의 가능성에 티끌이나마 기여할 수 있기를. 누군가의 일기장을 훔쳐보는 기분으로 읽히기를. 그 시간이 크게 아깝지만은 않기를 바란다. 잔나비를 듣다 울어본 당신에게 바친다.

차례

1

잔나비를 듣다 울었다

정은영

정은영 1972년생. 본업은 영화 미술감독. 어릴 적 꿈은 탐험가. 대학 시절, 전공보다 영화 동아리 활동을 더 열심히 했다. 스물일곱, 장편 상업영화 미술감독으로 데뷔했다. 영화미술의 길을 스스로 개척했다. 사람과 생의 이면을 헤아리는 일이었다. 한창 이름값 하던 때, 운명처럼 사랑에 빠졌고 3년 동거 후 결혼했다. 가족의 탄생이었다. 누군가와 함께 산다는 것은 미지의 세계로 입장하는 일이었고 '인간탐구'의 심화 과정이었다. 수료에 13년 걸렸고 이혼했다. 다시, 원래대로 혼자다. 영화 외에 드라마, 뮤직비디오를 병행하며 크리에이티브 디렉터, 기획자, 작가, 연출가 등으로도 활동 중이다. 대표작으로 〈처녀들의 저녁식사〉, 〈소름〉, 〈4인용 식탁〉, 〈광식이 동생 광태〉 등이 있다.

들어가며

흔한 일이다. 이혼했다. 7년이 지난 일이다. 그래서 쓸 수 있을 것 같았다. 시간이 꽤 지났으니 담담히 쓸 수 있을 줄 알았다. 하지만 첫 문장, '다 잊었다'만 써 놓고는 한동안 말문이 막힌 날들을 보내야 했다. 다 잊은 지난 시간을 복기하는 일은 가없는 고통이었다. 그 환란과 비탄의 시간이 온통 사무쳤다. 쓰는 나와 쓰지 않는 내가 분리되지 않았다. 이것만은 쓸 수 없는 일임을 날마다 알아챘다.

그때처럼 반쯤 정신이 나간 상태였다. 봄이 온 줄도 몰라서 두꺼운 겨울옷을 입고 산책을 나섰다. 나만 겨울이었다. 왠지 이혼은 불행을 닮아서 내내 춥고 어두컴컴했다. 절망을 책망하는 밤들만 쌓여갔고 이게

다 무슨 소용인가 중얼대며 눈을 떴다. 쓰려던 것도 쓰던 것도 모두 부질없게만 느껴졌다.

그해 봄, 느닷없는 사고처럼 13년을 살아낸 결혼 생활은 이혼을 향해 질주하기 시작했다. 불가항력이었다. 결혼은 생활이라 이혼으로 향할수록 생활은 죽어나갔다. 이대로 죽어버릴까 하던 참에 모두의 축복 속에 이혼했다. 그랬다. 친구와 영화 동료들은 샴페인을 터트리며 다 죽어가던 나를 부활시켰고 실컷 축하의 말을 건네며 환호했다. 밤마다 이혼 파티였다. 나는 사랑만이 살길이라고, 온통 사랑하며 살자고 화답했지만 다시는 이혼하지 않기 위해 누구도 사랑하지 않기로 했다. 그렇게, 한 시절을 마감했다.

겨울의 끝을 붙잡고 만질 수 없는 절망에 관해 썼다. 안녕하지 못했던 날들에 대한 회환이자 안녕에 도달하고자 하는 몸부림이다. 아니다, 쓰다 보니 알게 됐다. 이것은 절망을 떨쳐내던 환희의 조각 모음. 결혼이니 이혼이니 그 모든 것으로부터 나를 해방하는 일이었다.

무모하고 무정했던 날들이여 안녕.

사랑하고 사랑했던 날들이여 안녕, 안녕.

그러니까

얼지 마, 죽지 마, 부활할 거야.

미련 남길 바엔 서둘러 아픈 게 나아

하루아침에 얼굴이 사라졌다. 십삼 년 동안 마르고 닳도록 날마다 보던 식구의 얼굴이다. 그날 오전, 나는 그의 발치에 서서 은행에 같이 가자고 말했다. 침대 위에 누워 있던 그는 웃는 낯으로 혼자 다녀오라 했다. 이 또한 그의 일이었지만 일상다반사 해결은 내 몫이었다. 두어 시간 남짓, 일 처리를 하고 집으로 돌아왔다. 당신 좋아하는 냉면집 가자고 말하며 안방 문을 열었다. 그는 보이지 않았다. 침대 위에는 커다란 몸이 빠져나간 흔적만 움푹 눌려 있었다. 젖혀 반으로 접힌 이불 위에 고양이들이 동그랗게 몸을 말아 잠들어 있었다. 아직 날이 쌀쌀했다. 그날 저녁 내내 수화기 너머에만 있던 그는 조금씩 취하는가 싶더니 지금 간다, 곧 출발한다고 하다가 자정이 넘자 돌아가지 않겠다, 이혼하자고 했다. 날벼락이었다. 벼락 맞은 나는 곧바로 숯검정이 되어 까맣게 타들어 갔다.

5일 만에 그가 왔다. 아니 나타났다. 참 이상도 하지. 나는 그 순간이 무서웠고 참담했다. 불안과 공포였다. 그는 더 이상 내가 알던 사람이 아니었다. 환영 같았다. 단 5일 만에 뭔가에 단단히 홀린 자 같았다. 그러니까, 뭐에 홀린 자와 벼락 맞아 폐허가 된 자가 마주 앉았다. 그 찰나가 억겁이었다. 왜 그랬을까. 나는 돌아오라는 말도 못 하고 머뭇거리기만 했다. 폐허가 무슨 말을 해. 홀린 자가 폐허를 헤집으며 "더 이상 내 걱정하느라 고생하지 말고 너도 다른 사람 만나"라는 말만 남겨놓고 홀연히 사라졌다.

5개월 후, 가정법원 앞에 다다랐을 때 차창 너머로 그를 봤다. 머리칼을 휘날리며 성큼성큼 걷고 있었다. 몹시 익숙한 얼굴이자 선명한 몸짓이어서 창을 내려 '여보!' 하며 손을 흔들 뻔했지만, 운전대를 잡은 손이 덜덜 떨렸고 숨이 잘 쉬어지지 않았다. 처방받아 먹어 둔 진정제도 소용없었다. 이게 무슨 현실인가, 현실일 리 없다. 그럴 리 없다. 영화의 한 장면 혹은 생경한

꿈 같았다. 법원 옆 카페에 도착했다. 마주 앉았지만 서로의 얼굴을 볼 수 없었다. 가까이 있지만 흐릿했다. 고장 난 카메라 렌즈처럼 초점이 잘 맞지 않았다. 어깨너머 흰 벽만 또렷했다. 테이블 위에는 '이혼신청서'가 놓여 있었다. 글자들이 둥둥 떠다녔다. 부부관계의 소멸을 요청하는 서식이라니. 몇 개 되지 않는 빈칸을 채우면 13년의 세월이 단박에 소멸한다는 괴이한 신청서였다.

한 달 후, 우리는 다시 법원에서 만났다. 합의 이혼 대기 장소는 사람들로 가득했다. 발 디딜 틈 없는 이혼이었다. 공기는 무겁고 어수선했다. 죄다 흙빛의 얼굴로 죄인처럼 고개를 떨구고 있었다. 사랑한 게, 결혼한 게 죄는 아닌데 말이다. 이별은 죄인가 싶었다.

젊은 판사가 소멸을 허하는 데는 단 10초의 시간이 소요됐다. 각자의 이름을 말했고, 어떤 질문에 "네"라고, 답하자마자 "이혼이 성립되었습니다" 탕탕! 10초라니. 공고히 쌓아 올린 세월은 소용없는 허깨비였다. 공허의 참맛이었다. 우리는 법원 뒤뜰 흡연 구역에서 마지막으로 담배 한 개비를 피웠다. 각자의 라이터를 꺼내 각각의 담배에 불을 붙였다. 허공에 후 연기를 뱉어내며 그에게 마지막 말을 건넸다. "어머니 전화 오면 따박따박 받아. 무조건 어머니한테 잘해"라고 말하다 목이 메어와 나머지 말은 삼켰다. (나는 그 어머니를 울 엄마보다 좋아했다.) 그는 예의 초승달 같은 입꼬리를 쓱 올리며 웃는 낯으로 대답했다. "알았다. 너도 잘 살아라." 우리는 손을 흔들며 헤어졌다. 등을 돌려 다른 방향으로 걷던 그 순간, '우리'라는 단어가 소멸했다. 영원히 소멸했다. '우리'가 등을 돌렸다.

그렇게 너와 나의 이혼은 처음 하는 것치고는 제법 쿨해 보였다. 나는 지난 7개월간 감당할 수 없는 일을 겪고 있었음에도 감당하는 척, 센 척했다. 속은 이미 새까맣게 폐허면서, 불가항력의 소용돌이에 빨려 들어가 속수무책 자멸하면서도 겉으론 괜찮은 척, 단단한 척했다. 거기서부터 많이 잘못된 것 같다. 뭐랄까, 실은 벌어진 일들을 봉합할 재간이 내겐 없었다. 거의 뇌사 상태였다. 너라는 큰 그림자가 사라지자 나는 그저 나약히 시들었다. 무엇보다 지난 시간이 부정당하는 것만 같아 무섭고 두려웠다. 내게 솔직하지 못했다. 내 감정과 내가 진짜 원하는 것을 몰랐다. 이혼하던 순간에도 내가 아닌 너를 걱정했다. 이토록 허망한 결말이 사랑의 완전한 결실인가 싶었다. 그야말로 나는 진창에 빠져 이것이 무엇인지 도무지 알 도리가 없었다. 기억의 완전한 소멸에 얼마나 많은 시간과 노고가 필요한지도 몰랐다. 실상, 완전한 소멸이란 어림도 없는 바람임을 그때는 미처 몰랐다.

주차장까지 가는 길은 까마득하니 험난했다. 단호한 이혼을 위해 8센티 높이의 하이힐을 신고 있어서 더욱 그랬다. 이 모든 게 여전히 비현실이다. 또각또각 구두 굽 소리만 현실이다. 나는 언제쯤 지금을 현실이라 믿게 될까. 현실은 왜 지금일까. 절대 뒤돌아보지 않으리라, 뒤돌아보면 왜 안 되는지 그 이유를 모르겠네, 중얼거렸다. 이혼했구나. 이혼이라니. 울어야 하는가, 눈물이 남아 있기나 한가 하는데 곧 다리에 힘이 풀렸고 꽈당 넘어졌다. 구두 굽이 꺾였고 무릎에선 피가 났다. 지나가던 사람들은 나를 무심히 지나쳐 갔다. 고마웠다. 그들도 나처럼 허깨비 같았다. 다음 차례로 넘어질 사람들. 그 와중에 먼저 넘어진 내가 일어서면 저기 앞사람이 넘어지고 그가 또 일어서면 그 옆에 사람이 넘어지는 상상을 했다. 습관적인 영화적 상상이었다. 그 누구도 괜찮아요? 말하지 않고 넘어졌다 일어서며 제각각 무릎을 터는 소리만 들리는 장면을 떠올리며 주저앉아 피식 웃었나 보다. 그때 "괜찮아요?" 라며 한 노년의 여성분이 손을 내밀었다. 현실이었다. 그녀의 손을 잡았다. 안 괜찮아요, 하자마자 울음이 터져 나올 뻔했지만, 이 꼴에 울기까지 하면 너무 비참한 모양새였다. 울음을 꾹 참을 새도 없이 그녀가 나를 퍼뜩 일으켜 세웠다.

"나도 방금 이혼했어. 45년 걸렸어. 얼마나 홀가분한지 몰라. 나도 댁처럼 좀 더 이른 나이에 할걸, 그것만 후회야" 라고 하셨다.

같은 날, 같은 법원에서 이혼한 동지의 말. 그녀의 표정은 정말 편안해 보였다. 나는 어정쩡한 자세로, "광복을 축하드립니다" 라고, 웃기지도 않는 농으로 화답했다. 영화처럼 그분을 끌어안지는 않았다.

구두를 들고 맨발로 걸었다. 콘크리트 바닥은 미지근했다. 누군가에게 이혼은 광복이구나, 내겐 무엇일까. 온몸에 저릿한 한기가 밀려왔다. 더위가 물러갈 리 없는 9월 초순이었다.

몸을 부르르 떨며 생각했다. 어쩌면 이것은 넘어졌다 일어나는 일, 무릎을 털고 가던 길을 뚜벅뚜벅 가야 하는 일, 전혀 다른 나로 새로 태어나는 일일지도 모른다고.

운전석에 우두커니 앉아 있었다. 시동 거는 방법이 생각나지 않았다. 어디로든 가야 하는데 그마저 생각나지 않았다. 너무 새로 태어났나? 더듬더듬 아무 버튼이나 눌렀다. 라디오에서 잔나비 노래 한 소절이 불쑥 튀어나왔다.

"그땐 난 어떤 마음이었길래 내 모든 걸 주고도 웃을 수 있었나, 그대는 또 어떤 마음이었길래 그 모든 걸 두고도 돌아서 버렸나."

순간, 신체의 모든 감각이 여기저기서 삑- 하울링을 내며 고장 나기 시작했다. 그 선선하고 나직한 마디마디 한 소절 한 소절이 삑삑 소리를 지르며 쩍쩍 달라붙었다. 난 어떤 마음이었길래. 삑. 내 모든 걸 주고도 삑. 웃을 수 있었나. 삑. 쭉쭉 그은 밑줄이 심장을 갈기갈기 찢는 듯 했다.

'그 모든 걸 두고도 돌아서 버렸나.'

눈물이 쏟아졌다. 쏟아지며 나를 집어삼키는 것 같았다. 엎질러진 눈물. 엎질러진 생이구나. 울음이 그쳐지지 않아 으악 하고 비명을 질렀다. 그때, 친구에게서 전화가 걸려왔다.

"이혼 축하해! 파티 하자!"

현실의 목소리는 밝고 경쾌했다. 아, 이건가? 축하받을 일, 파티 할 일.

(한참 시간이 흐른 후, 다시 이 노래를 들은 적 있다. '그대는 어떤 마음이었길래 그 모든 걸 두고도 돌아서 버렸나'가 아니라, '그 모든 걸 갖고도 돌아서 버

렸나' 였다. 그래, 너는 두고 간 것이 아니라 가져 간 것이다. 나도 마찬가지야. 모든 것을 갖고서 이제 더는 울지 않는다.)

그날 밤 일기에 이렇게 썼다.

'이 고통을 잊지 않기 위해 살아야겠다. 끝끝내 살아내야겠다. 그 끝에 무엇이 있는지, 어떤 회복이, 어떤 환희가, 어떤 명징함이 있는지 나는 그것을 기필코 알아야겠다.'

각성의 새벽

어떤 새벽이 있다. 나와 고양이들만 잠들지 못해 뒤척이던 그 새벽에 그는 여전히 없었다. 귀가를 잊은 채, 겨울 끝에서 봄이 다 지나도록 그토록 내내 없었다. 그의 옷가지와 물건들만 있었다. 숨김없이 남김없이. 돌아오지 않을 거라는 소문만 무성한 날들이었다. 기다림의 시간은 한없이 느리고 무거웠다. 그 새벽도 그랬다.

겨우 잠이 들었나 싶었다. 어제와 같은 꿈을 꾸고 있었다. 너를 찾아 헤매던 꿈일 것이다. 붙잡으면 허공이라 잠결에도 울던 새벽이었을 것이다.

언뜻 내 이름 석 자와 단테, 네오 고양이들의 이름

을 부르는 소리가 희미하게 들렸다. 먼 데서 들려온 그 소리는 아득한 구원의 음성 같기도 해서 이어진 꿈인가 했다. 불린 우리 이름이 새벽을 흔들었다. 눈꺼풀이 파르르 떨렸고 심장이 쿵쾅대기 시작했다. 소리는 점점이 생생해졌고 구체적이었다. 너의 목소리였다. 틀림없는 너였다. 곧, 너는 우리만 아는, 우리가 만든 '단테, 네오' 노래를 불렀다. 꼬리로 얼굴을 감싼 채 잠들었던 고양이들도 퍼뜩 고개를 들고 두리번댔다. 소리는 제법 가까워졌고, 커졌고, 선명해져서 철 대문 앞에 도착했나 싶었다. 돌아왔구나. 여보가 왔어. 나와 고양이들은 벌떡 일어났다. 서둘러 현관문을 향해 달려가는데 손이 덜덜 떨렸다. 떨리는 손으로 문을 열며 나도 모르게 뒤꿈치를 들고, 고개를 젖혀 문밖을 올려다봤다. 작은 내가, 큰 키의 너와 눈 마주치던 습관이 절로 나왔으니 문밖에는 틀림없이 고개를 반쯤 숙인 네가 씩 웃던 습관도 와 있을 것이었다.

"여봐라, 내가 왔다" 하면
"어서 와, 늦게도 빨리 왔네" 할 참이었다.

문밖에는
문밖에는

미처 떠나지 못한 어둠만
어김없던 새벽빛만
그 목소리, 환청만이 서성댔다.

문밖의 상실이었다. 상실의 각성이었다.
각성의 새벽이었다.

새벽 한가운데 덩그러니 서 있던 나와 고양이들은
아침이 오도록 웅성거렸다.

환영도 없이 환청만 왔다 가버렸나.
돌아올 리 없구나.

그 새벽은
생시의 이상한 구석 같고,
하염없는 꿈의 그늘 같고,
아무도 모르는, 알아도 알 수 없는 투명하고 깊은

폐허 같아서

그 새벽만을 남겨두고 그 이전의 날들과 이야기의 시작과 끝을, 남몰래 흐르던 눈물을, 얼굴을, 이름을, 목소리를, 웃음을, 농담을, 흉터를, 용서를 기다린 모든 것을 영영 묻었다.

묻었으니 죽은 것이고 죽었으니 사흘 밤낮으로 엉엉 울었다.

* * *

기다림을 멈춘다. 기다림을 끝낸다. 대답한다.

그래, 헤어지자.

슬픔을 구경하던 슬픔

지독한 감기에 걸렸다. 꼬박 일주일 밤낮으로 앓았고 낮밤으로 신음했다. 감기는 걸릴 때마다 처음 겪는 아픔 같다. 너무 아파서 다시는 아프고 싶지 않다. 아픔은 겪고 싶지 않은 것, 쩔쩔 매이는 것, 벗어나고 싶은 것, 아픔 전의 상태로 돌아가고 싶은 것. 하지만 돌아갈 수 없는 것이다.

사나흘째 밤이었던가. 39도를 넘나드는 고열과 오한에 밤새도록 온몸을 덜덜 떨었다. 바싹 마른 입술 사이로 거칠게 뱉어낸 숨이 어둑한 방 안에 하얗게 바스러졌다. 나도 모르게 아이고 아버지, 아빠 저 좀 살려주시오 했다. 불러본 적 없는, 불러도 오지 않을 아버지의 환영이 열 오른 이마 위를 짚는다. 희미하게 실눈을 뜨자 혼미한 정신의 외진 곳에서 아빠의 꽃상여가 활짝 피어오른다. 고열은 사방 천장에 꽃을 피웠다.

아빠는 고작 서른여섯의 나이에 세상을 떴다. "우리 딸 고생시키지 마라"는 마지막 말을 간신히 내뱉고 창백하게 떠났댔다. 내 유년의 기억은 아빠의 꽃상여부터다. 조막만 한 나는 집 앞 플라타너스 뒤에 숨어서 조그맣게 떨고 있었다. 알록달록 커다란 종이 꽃송이가 마냥 예뻤고 엄마의 삼베옷과 새끼줄 감긴 모자가 이상하고 신기했다. 10월이었고 때 이른 진눈깨비가 내리기 시작했다. 나는 플라타너스 허리를 꼭 감싸안았다. 눈을 동그랗게 뜨고 그 모든 처음 보는 것들을 몰래 지켜보고 있었다.

꽃상여 맨 앞 꼭대기에 탄 옆집 아재가 댕댕 종을 흔들며 노래했다.

"어-노-오, 어-어-노, 이제 가면 언제 오나, 오실 날이나 알려 주게."

곧 상여를 둘러멘 동네 아재들이 춤을 추듯 한 발 두 발 앞뒤로 상여를 흔들며

"어-노-오, 이-이-제" 했다.

엄마도 친척도 동네 사람들도 어-노-오 소리 날 때마다 아이고 아이고 점점 더 크게 울었다. 아빠는 어디로 간 것일까. 나는 이제 가면 언제 오냐는 노랫가락이, 어-노-오 하던 구슬픈 소리가, 사람들의 통곡이 무서웠다. 무서워서 슬펐고, 슬퍼서 무서웠다. 열린 대문 사이로 세 살 터울 오빠의 뒷모습이 보였다. 오빠는 화단을 빙 두른 바윗돌을 손바닥으로 내려치며 아버지, 아버지 어른처럼 울었다. 아빠가 살아생전 만든 화단에는 색색의 가을꽃들이 찬 바람에 흔들리고 있었다. 내가 태어난 봄날, 앵두같이 예쁜 딸 나왔다고 아빠가 손수 심은 앵두나무도 잎을 다 떨군 채 가지를 떨었다. 나무를 끌어안은 손이 빨갛게 얼어가는데도 옴짝달싹 못 한 채 그 커다랗고 소란스러운 슬픔을 가만히 구경하고 있었다. 슬픔을 구경하던 슬픔. 그 슬픔의 장면에 나도 들어가고 싶었지만 너무 어린

내게는 플라타너스 너머의 그 슬픔이 그저 갈 수 없는 다른 세계 같았다. 게다가 모두가 슬픔을 어쩌지 못해 목 놓아 울어대기만 하느라 나는 잊은 듯했다. 아무도 나를 찾지 않았다.

꽃상여는 어-어-노 소리와 함께 집을 떠나 건너편 약방을 지나 그 옆 예배당을 지나 조금씩 멀어지고 있었다. 진눈깨비는 하염없이 쏟아졌고 사람들의 울음은 잦아들고 있었는데 갑자기 저 먼 데서 바람이 거세게 불어왔다. 찢긴 종이꽃들이 사방팔방으로 날아오르다 떨어졌고 상여는 앞으로 나아가지 못하고 멈춰 서다 주저앉다 다시 가다 멈추다 했다. 그러자 사람들이 큰 소리로 말했다. "아이고, 상여가 섰다, 가기 싫은가 보다, 얼마나 가기 싫을꼬."

나는 언 손을 비비며 플라타너스 뒤에 동그랗게 몸을 숨겼다. 그런 나를 찾아 안아준 건 스무 살의 사촌 언니였다. 언니는 내게 "왜 혼자 여기에 이러고 있니, 아빠한테 인사해야지" 하며 또 울었다. 그제야 나도 울음이 터졌다. 언니 품에 안겨 잉잉 울었다. 눈에 보이지도 않는 아빠에게 어떻게 인사해야 할지 알 수 없어서, 그저 우는 것이 인사인가 싶었다.

아빠의 죽음은 내 슬픔의 원천이자 첫 이별의 장면이다. 그 예쁜 꽃상여와 춥고 하얗고 무섭고 요란하고 화려하게 슬픈 장면과, 나를 안아주던 플라타너스는 기억 속에 오래 남아서 이토록 죽을 만큼 아플 때 간혹 선명해진다. 내겐 장면만 남기고 떠난 아빠지만 엄마에게는 생이 무너지는 이별이었을 것이다. 사진 속 아빠 얼굴을 쓰다듬던 그 젊었던 엄마는 "나도 데려가소, 데려가소" 했었다. 엄마는 지금 치매를 앓고 있다. 그런저런 모든 한 많던 생의 기억을 잃고, 나조차 대부분 잊고 요양병원에 누워 있다.

어쩌면 잊는다는 것은 편한 것이라던 이모의 말씀만이 위안이다.

간신히 감기에서 벗어났다. 책상 앞으로 가 앉아야 한다. 이혼에 대한 이야기를 쓰기로 했다. 그래서 감기에 걸렸을 때, 더 아프길 바랐다. 쓰고 싶지 않아서, 다시는 되새기고 싶지 않아서 아프다 죽어버렸으면 좋겠다는 생각도 했나 보다. 하지만 살아났다. 오래된 기억이 나를 붙잡아 일으켜 세워준 것 같기도 하고 앓을 만큼 앓았으니 해야 할 일을 시작하라고 등 떠밀어 준 것 같기도 하다.

내게 이혼은 왜 그토록 무섭고 두려운 일이었을까. 어쩌면 내 무의식 저편에는 엄마처럼 아빠를 떠나보내지 않을 것이라는, 사랑하는 사람을 잃지 않겠다는, 그래서 가엾은 엄마처럼 살지 않겠다는 다짐이 자리하고 있었을 것이다. 성인이 되어 숱한 이별을 경험할 때마다 대체, 누가 나를 기다리고 있기에 내 연애를 방해하는지, 뒤돌며 울음을 뚝 그쳤었다. 결혼할 사람과는 죽음으로도 헤어지지 않겠노라 다짐했었다. 그래서 오래오래 결혼을 붙잡고 살았을지도 모른다. 플라타너스 뒤에서 훔쳐본 그 찬란한 슬픔은 그것만으로 족하니 다른 세계를, 슬픔 아닌 환희의 날들을 구축하겠노라 언 손을 꼭 쥐었던가? 모르겠다. 온통 모른다.

'그'를 떠올려 본다. 다 지워져 희미하다. 얼굴도 머리칼도 음성도 어둑해서 보이지 않는다. 미어지게 울던 날들도 흐릿하다. 그저 결심의 장면만, 고통의 몇날 며칠만 듬성듬성하다. 플래시백으로 점프 컷으로. 얼마나 다행인가. 흐르는 것이 시간이라.

다 잊었다(아주 사적인 고백)

다 잊었다. 그 옛날 혼신을 다해 우리였던 일, 나였던 너를 영영 떠나보낸 일, 너였던 나를 외면했던 일, 그런 일은 없던 일, 그런 적 없던 일, 그런 너무 많은 일, 그럴 리 없는 일. 불가능한 서술 가능한 서사 불가능한 추측 가능한 결론 불가능한 가능 가능한 불가능.

그저 이것은 해변 위에서 죽은 모래알들에 관한
바람 위에 놓여 휘청대던 상실의 밑바닥에 관한
파열된 날들이 흘린 피에 관한
착란, 착란의 서(書).
가망 없는 옛날
잠 없는 헛소리
망각을 위한 넋두리 그저 넋두리

술 취한 언덕을 오를 때마다 태어나던 멜로디, Là-bas 거기, 저 너머 피안에서 살고 죽고,

농담보다 먼저 웃던 입꼬리, 초승달 같아서 한낮에만 뜨고 지고, 냉면 위로 건네던 화해의 계란 반쪽은 타원형이라 목이 메고, 새벽녘 보글대던 뭇국과 된장찌개 싱거워서 미안해.

봄날마다 두런대던 산책길, 조그만 내 어깨를 붙잡아야 터져 나오던 재채기마저 수줍은 애정의 징표, 해수면보다 낮은 땅 위에 나란히 서 있을 때, 다정한 침묵 위로 구름은 흘렀고, 그 모든 흐르던 것은 영원한 결속이라, 장조로 슬픔을 단조로 기쁨을 노래하자더니, 그려지던 음악과 들려오던 그림 온데간데없고, 때마침 비는 쏟아졌고, 쏟아지며 흘렀고, 흐르는 것은 하염없어서, 나 없던 화엄사에는 짙은 운무 하릴없고, 당신이 내게 준 마지막 선물은 노란색 비옷이었고,

우리가 처음 함께 듣던 음악은 존 콜트레인, -메디테이션-, 후 뱉어낸 숨, 그 방의 공기는 제법 슬퍼서 시 같았고, 어쩌면 시가 되던 날들이고, 소설을 쓰라

는 말을 반복한 곳은 헤븐 빌라여서 날마다 천국으로 가는 계단을 끝없이 올랐고, 언제나 천국의 문을 두드렸다는 이야기는 4772일 동안이나 전해 내려오다 미처 5000일을 채우지도 못하고 천국의 계단 아래 Là-bas 거기, 저 아래, 피안 혹은 지옥으로 끝도 없이 멸망했다는 시시한 챕터를 넘기던.

그랬던 그러했던 그런 적 없던 그럴지도 모르는 옛날들, 은밀한 적 없던 비밀들, 아무 말들 아무 날들의 반복까지. 나는, 나는 그런 모든 이야기를 다 잊었다. 두고두고 잊었다.

다시 두 번 이것은, 이것은 두 번 다시 없을 착란, 착란의 서(書). 아무 때나 아무렇게나 생각나 틈틈이 잊은 날들을 뉘우칠 일 없고, 뉘우치느니 차라리 살자 하던, 잊기 위해 살아야 할 운명이라서 나는 다 잊고 잊었고. 잊으려고 살았다.

그렇게 온종일 살아냈다.

떠날 리(離), 떠나고 떼어내고 끊어내는 고통

다른 새벽이다. 지금이고 오늘이다. 날이 밝아올수록 집 안이 어두워진다. 고양이들에게만 어둠도 환해서 우-다-다다 신나게 뛰어다닌다. 강아지는 곤히 잠들었다. 나는 여전히 자판 위에 손을 얹고 깜빡이는 커서의 움직임만 멍하니 보고 있다. 그저 지금의 내 처지가 몹시 고단하다. 쓸 수 없는 것들, 아무짝에도 읽히지 않을 글을 쓰기로 마음먹은 이 새벽은 목에 걸린 쓰디쓴 약 같아서 뱉어낼 수도 삼킬 수도 없다. 독감에서 겨우 벗어났지만 기억의 통증이 재발했다. 왜 기억은 온통 통증인가. 이렇게 고통스러울 거라면 이쯤에서 그만둬야 하지 않을까, 왜 나는 이토록 재미없는 이혼 이야기를 써보겠다고 했을까. 재밌게 쓰고 싶지만 재미가 없다. 재미를 좋아하지만 그것마저 없고,

아무 재밌던 일도 떠오르지 않는다. 쓰다 보면 어딘가에 숨어 있던 재미가 찾아와서 재미 좀 보자고 할 것 같지만 이것마저 재미없다.

불교에선 생이 영혼의 가장 큰 고통이라 하지 않았는가. 아, 쉰이 넘은 나는 이미 생의 한가운데를 지나고 있구나. 내 영혼도 고통도 폭폭 익었구나.

* * *

어쨌든 결혼했으니 이혼했다. 사랑했으니 이별하는 것처럼. 이혼이나 이별이나 떠날 리(離), 떠나고 떼어내고 끊어내는 것이다. 떠날 리 만무할 줄 알았으나 이별인 것이다.

내게 이혼은 느닷없는 결별이었고 생의 전복이었다. 이혼했다는 것은 서로를 쓰다듬고 할퀴고 다시 쓰다듬고 참아내고 살아냈던 그 많던 날과의 단절이었다. 날마다 읽어낸 상대의 마음과 때마다 불러낸 익숙한 표정과 함께 먹고 보고 듣고 동시에 경험한 것들이 한순간에 사라지는 것이었다. 매일매일 붙어서 죽고 못 살던, 어쩌면 죽지 못해 살던 13년의 세월은 허술하기 짝이 없는 것이었다. 생이 끝날 때까지 서로를 견디자던 그 허망한 약속을 깨는 일, 오래된 습관을 단박에 끊어내는 일, 미처 소진하지 못한 사랑의 형태를 서둘러 구겨버려야 하는 일, 심장이 찢어지고 사지가 뜯기고 피가 철철 흐르는 일이었다. 지독했다. 너무 그랬다. 아팠다. 그 고통에서 벗어나고 싶어서 다른 고통을 찾아다니기도 했다. 보란 듯이 다른 누군가를 헤매던 일은 허무맹랑했고 내 슬픔에 맞장구쳐 주던 몇몇 간교한 말에 실컷 놀아나던 나는 그야말로 볼품없이 날마다 추락했다. 형편없는 날들이었다. 나는 금세 밑바닥을 드러냈고 스스로를 난도질했나 보다. 어쩔 수 없었다. 그렇게라도 해야 떨쳐낼까 말까 한 13년의 세월이었다. 그러다 보면 괜찮아질 거라 생각했다.

이혼 선배들이 말했다. 이혼보다 이혼 후가 더 힘들다고. 잘 헤어져도 3년, 억지로 헤어지면 5년은 더 힘들 거라고 했다. 그 말을 믿고 싶지 않았지만 해가 바뀔 때마다 시간을 세고 있었다. 산 세월만큼은 아니라서 다행이라 생각했다.

* * *

이혼을 실감한 것은 1년이 막 지날 무렵이었다. 그러니까 사계절을 보내고서야 현타, 즉 현실 자각의 시간이 왔다. 뇌사 상태였다가 1년 만에 깨어났는데 눈앞에 낯선 사람들만 있다. 나는 돌아왔는데 너는 아직도 돌아오지 않네. 낯설지만 현실이다. 이제야 운다. 눈물은 하염없다. 뒤늦게 작동을 시작한 뇌는 오류가 난 듯 삐걱댔다. 폐허에 너무 많은 물을 줬다. 새싹이 움틀 리 없었다.

아무 때나, 아무 곳에서나, 아무 얼굴에서나, 아무렇게나 결별 전의 온갖 장면이, 오로지 좋기만 했던 날들이 도처에서 그렁그렁했다.

서울은 너무 좁았다. 우연히 그를 본 사람들은 그 사실을 꼼꼼히 내게 알렸다. 그를 봤다는 장소를 어쩌다 지날 때는 서둘러 핸들을 돌려 영 다른 먼 길로 돌아서 갔다. 행여 길에서 너와 마주치기라도 할까 봐 고개를 숙이고 다녔다. 땅 위에는 일기장에 써놓지도 않았던, 그저 흘려보냈을 소소하고 별일 아니었던 기억들이 즐비했다. 차라리 눈을 감았다. 또 넘어지고 일어서기를 반복했다. 장면들은 소멸에의 소망을 비웃으며 날마다 선명했다. 그렇게 아무 때나 아무렇게나 눈물 바람이었다.

동시에, 온통 내가 잘못한 것만 떠올랐다. 진열된 내 슬픔이 부끄러웠다. 그것이야말로 죄였다. 잘못과 부끄러움을 감추려고 웃고 다녔다. 웃다 보면 해가 졌다. 어둠이 시작될 때마다 내가 또 네가 그리고 옛날이 살아났고 동시에 죽었다. 그렇게, 옛날을 나눌 자가 더 이상 내 곁에 없다는 것을 차츰 받아들이고 있었다. 의미를 두지 말자, 사소해지자 했다. 사소해지자 했다.

'인간이 번뇌가 많은 까닭은 기억력 때문이라 했다. 그해부터 나는 많은 일을 잊고 복사꽃을 좋아하는 것만 기억했다.'

영화 〈동사서독〉의 대사를 날마다 일기장에 적었다. 나도 복사꽃을 좋아해야지. 복사꽃. 복사꽃. 적다 보니 해가 바뀌었다.

그다음 1년 동안은 매일 밤, 똑같은 꿈을 꿨다. 차마 하지 않은, 아니 하지 못했던 분노가, 도달한 적 없는 진심이 악몽으로 찾아왔다. 그것은 그를 홀린 귀신과 싸우는 꿈이었다. 꿈속에서 형체도 없는, 때론 또렷한 얼굴을 한 귀신의 머리채를 잡아 흔들고 따귀를 때리고 욕을 퍼붓는 것이었다. 기진맥진한 꿈이었다. 나는 아침마다 땀을 뻘뻘 흘리며 꿈에서 벗어나기 위해 발버둥 쳤다. 눈뜨면 양 주먹에 한 움큼의 머리카락이 쥐어져 있었다. 내 머리카락이었다. 그렇게 가위에 눌린 상태로 또 1년을 보냈다. 고작 3년이 흘렀다.

(그다음 3년 동안은 새로운 영역의 극지 체험이었다. 연옥에서 지옥으로 다시 연옥을 오갔다. 가혹했다. 이 얘긴 이곳에서 하지 않을 작정이다. 견디기 힘든 시간이었지만 기어이 뚫고 나왔다. 아무쪼록 많은 것을 잃고 얻으며 배우고 또 배웠다. 너덜너덜해진 나

를 무작정 지지해 준 많은 분 덕에 버텨낸 시간이었다. 덕분에 살고 있습니다. 고맙습니다.)

새겨둔 말들

어느 초저녁에 시인 김정환 선생님이 기별도 없이 찾아오셨다. 선생님은 자리에 앉자마자 말씀하셨다.

"내가 자네 얘길 어디서 들었어. 내 말이 위로가 될지는 모르겠지만 나는 자네 편이네. 자네는 센 사람이야. 감성이 아주 센 사람이야. 그러니 당신이 이긴 거야. 그 무엇도 당신을 이길 수 없어. 다시 생각해도 나는 무조건 자네 편이네."

선생님은 헝클어진 은빛 머리칼과 주름진 얼굴로 아이처럼 울먹이셨다. 당시엔 그 커다란 말씀의 절반도 이해하지 못했지만 어른의 울먹임이, 편, 센, 감성 등의 단어가 찢어진 심장을 봉합하고 있었다. 감정이

나 감상이 아닌, 감성이라 다행이라고도 생각했다. 그것이 무엇인지 아직도 모르지만 꽤 오랫동안 선생님의 말씀을 주머니에 넣고 두고두고 꺼내 읽었다. 나를, 시간을 이겨내는 힘이었다.

부부 관계의 소멸과 동시에 결혼 생활 내내 가족처럼 지내던 사람 중 일부는 빛의 속도로 멀어졌다. 놀랍지 않았다. 멀어지는 것, 사라지는 것. 그런 것 따위. 또 누군가는 의도적으로 다가와 재미난 이야깃거리 삼기도 했다. 나의 멸망을 고대하던 자들이었다. 그들을 탓하진 않는다. 그저 나의 폐허를 실컷 구경하게 했다. 뒤에서 욕을 하든 말든 알 바 아니었다. 오독과 오해가 판쳤다. 살다 보면 그러라고 있는 자들도 있다. 그 또한 당시엔 위로였다. 다만 폐허가 되었다고 무조건 멸망하진 않는다. 내겐 회복과 재건을 부추기는 선한 친구들이 더 많았다. 나를 붙잡아준 것 또한 사람이다. 온 진심을 담아 건네던 분명한 말,

"시간이 약이다, 그러니 견뎌내."

그 말은 귀담아들은 첫 번째 말이기도 해서 흐르던 시간을 그저 흘러가도록 내버려뒀는데, 간혹 시간도 흐르기만 하는 것이 힘에 부쳤던지 웅덩이 같은 곳에 몸을 숨기고 죽은 듯 멈춰 쉬어 가기도 했고, 어떤 날은 뒤로 돌아가겠다고 생떼를 부려서 한참을 어르고 달래며 갖은 애를 쓰다 보니 어느새 무감하고 무심한 내가 되었다. 그 어떤 회한도 원망도, 뻔했던 감정도 모두 사라졌다. 기다렸던 나였다. 그러므로 시간은 틀림없는 명약이라 믿게 되었다.

어김없던 아침과 밤, 꽃 피고 지던 계절, 내 다정한 털 식구들과 속 깊은 친구들과 애초의 나였던 영화 일이 나를 일으켜 세우더니 조용히 두 번째 조언을 했다.

"이제 너를 되찾아."

이것은 시간을 견디라는 말보다 더 어려운 일 같았지만 그것은 동시에 견디면서 찾고, 찾으면서 견뎌내야 하는 일 같았다. 나를 되찾는 일이라니, 도대체 나는 나를 어디에다 뒀는지 어디서 잃었는지 되찾기만

하면 내가 되는 것인지 모를 일이었지만 친구들의 말대로 시간을 견디다 보니 어느 날 어느 순간 지금 여기에 내가 와 있다.

'시간을 견디며 나를 되찾는'다는 것, 결국 나 자신, 내 이야기와 거리를 두는 일이었다. 나만 이혼한 것이 아니라는 자각, 감당해 낼 몫만큼 내게 온 것이라 받아들였다.

어차피 생은 온통 감내해야 할 고통이자 상실이고 날마다 저지르는 과오이고 씻기지 않는 죄이며 구원도 없는 허망인 것이고 결국 혼자인 것이다. 혼자라는 것만큼 명징한 일은 없으니 누구도 이 사실을 흔들 수 없는 것이다.

그러니까, 영화

그날도 여전히 정신이 반쯤 나간 상태로 긴 테이블 앞에 멍청히 앉아 있었다. 문이 열렸고 누군가 내게 인사하며 들어와 앉았다. 처음 보는 얼굴이 대뜸 큰 소리로 말했다.

"감독님, 영화 하셔야죠! 여기서 왜 이러고 있어요?"

그녀는 내가 전부터 알고 지낸 언니의 동생인데 영화 일을 하는 H라고 자신을 소개하더니 시나리오 하나를 내밀며 단호한 어투로 말했다.

"무림의 고수라 숨어 계시나요? 아니, 영화를 해야

지, 왜 여기서 은둔하고 있어요? 이제 하산하세요. 정신 차리세요, 제발."

나갔던 정신이 돌아왔다. 번쩍 정신이 들었다. 아, 내가 무림의 고수였나? 갑자기 하늘을 휭휭 날아다니는 나를 상상했다. 날개를 펼쳐 날고 싶어졌다. 그녀는 하늘에서 뚝 떨어진 귀인이었다. 절망 속에서 허우적대던 나를 건져 올린 진정한 귀인이었다. 귀인이 던져준 시나리오를 붙잡던 시간이 나를 분연히 살게 했다. 처음엔 미술감독으로 시나리오를 읽게 하더니 나중엔 각색을 해보라고 했다. 그녀는 틈만 나면 정신이 번쩍 들도록 영화에 대한 얘기만 해댔다. 해가 바뀌자마자 주변의 모든 사람을 멀리하고 한 달 내내 시나리오 쓰기에 몰두했다. 내 어두웠던 그림자마저 사라지는 시간이었다.

내가 아닌 시나리오 속 인물을 하나하나 매만지던 시간이자 그 인물들을 살게 하다가 죽이다가 다시 살게 했다. 모두 죽여 버릴까? 하다 보니 시나리오를 쓴다는 것은 전지전능한 일 같기도 했지만 이야기가 꽉 막힌 날엔 도저히 손도 쓸 수 없어서, 어설프게 주인공에게 나를 투영했다. 정신이 반쯤 나간 여자. 나를 봐달라고, 내 이야기만이 진짜 슬픔이라고 발광하는 여자, 아무도 이해 못 할 말들만 중얼대는 여자. 어머나, 나는 나를 다 벗어던지지 못했구나, 아직 한참 멀었다.

다시, 처음을 생각했다. 영화에 다가갔던, 그 영화 속에 있던 처음과 같은 마음을 되찾아야 했다. 내가 아닌 타인을 이해하던 그 마음이, 그 이야기 속에서 그들을 일으켜 세우던 내가, 때로는 그들 안으로 들어가 울고 웃고 했던, 빌런의 마음조차 이해하고 가늠하던, 잊었던 내가 얼핏 떠올랐다. 그렇게 시나리오를 끝냈다.

그다음, H는 이제 당신의 이야기를 쓰시라 했다. 그녀의 말대로 마음을 다잡아 사흘 만에 단편 시나리오를 썼다. 가깝거나 너무 멀리에 있지 않은 내 얘기. 스물여섯, 정말 좋아했던 선배 언니가 죽은 후 옥탑방에서 개미 떼를 잡으며 슬픔을 이겨낸 이야기. 내 인생을 흔든 두 번째 죽음에 관한 이야기였다.

1년 후, 촬영에 돌입했다. 하루 21시간씩, 사흘간 촬영했다. 코로나19 시국이 막 시작되었을 때였다. 너무 바빠서 통화도 힘든 친구들이 집에 갇혀 지내던 시기였다. 배우, 촬영, 미술, 동시녹음, 음악, 편집, 헤어메이크업, CG 회사까지 영화인 친구들은 내 전화를 받고 버선발로 달려왔다. 물론 마스크로 얼굴을 다 가린 채로. 새벽 5시에 집합해서 다음 날 새벽 3시 혹은 5시에 촬영을 마쳤다. 그 사흘간 고행의 시간에 함께해준 당신들에게 사랑한다 전하고 싶다. 정말 우리는, 왜 영화인들은 그토록 지독한 고행을 날마다 자청하는가. 그러니 사랑하지 않을 도리가 없다.

그 후 몇 개월 동안 편집과 믹싱, 음악 작업을 했다. 음악은 내 좋은 친구이자 아들 같던 A가 맡아줬다. 몇 해 전 귀신들에 둘러싸여 찢어져 있던 내 심장의 응급처치를 자청했던, 연인 역할을, 그러니까 그 배역을 맡아줬던 친구다. 이 얘긴 다른 페이지에 언젠가 할 것이다. 귀신들을 물리치려면 간혹 그런 역할을 해줄 친구가 필요한 법이다. 몇 년 만에 A를 만났다. 기꺼이 그는 영화 음악을 맡았다. 그 음악은 낮고 묵직해서 영화에 마땅히 스며들었고 말 없는 장면을 더없이 살리기에 충분했다. 아버지의 상실 후에 만든 노래들이라 했다. 생은 상실로 익어가나 보다. 그렇게 영화가 완성됐다.

자기소개서

완성된 영화를 어딘가에 보내기 위해 자기소개서가 필요했다. 거의 20년 만에 써보는 것이었다. 아니다. 처음 쓰는 자기소개서였다. 그래서 이상한 면이 있는 자기소개서지만 온전히 내 좋은 면만 곱씹던 시간이었다. 그런데도 부풀려지고 과잉된 자의식을 되레 내려놓던 시간이기도 했다. 나를 소개하는 것은 참말로 어려운 일이었지만 쓰는 동안 다 잊었던 꽤 괜찮던 나를 되찾고 있었다. 그 자기소개서를 여기에 둔다.

사람들을 만나면 그 사람이 사는 집을 상상하던 때가 있었다. 어떤 이야기를 읽거나 들을 때면, 이미 내 머릿속에는 이야기 속의 공간에 골조가 세워지고, 색이 더해지고 동선이 만들어지고, 빛의 각도와 그림자의 길이까지 생생했다. 그 상상은 남들보다 조금 이른 나이에 미술감독이 되면서부터 심화되었다. 누워 있던 글씨와 이야기들에 숨을 불어넣어, 스크린이라는 땅 위에 세우는 것, 감독의 세계관을 펼쳐주는 것, 그것이 나의 일이었다. 함께 작업한 감독들로부터 시나리오를 누구보다 잘 이해하고 해석하는 미술감독, 캐릭터와 이야기를 더욱 입체적으로 만들어내며 영화의 질감을 살리는 미술감독이라는 말을 자주 들었다.

영화를 위한 이미지, 색, 질감과 빛을 붙잡기 위해 '이미'와 '아직' 사이에서 골몰했고, '상상'과 '현실' 사이에서 붓을 들었었다.

운명은 다짐 없이 저절로 벌어지는 일이라고 누군가 말했다. 영화는 내게 운명 같은 것이었다. 감수성 풍부한 문학소녀면서 그림에 재능을 보였던 내가, 학원 다닐 형편이 안 되니 혼자 힘으로 미대에 진학하겠다고 선언한 열아홉 되던 그해, 세 살 터울 오빠가 영화를 하기 시작했다. 집 안에는 영화 서적들, 관련 철

학서들, 자막도 없는 흑백의 영화들, 충무로 현장에서 벌어진 일과 시나리오를 쓰는 오빠의 뒷모습이 날마다 쌓여갔다. 그렇게 영화는 내게로 왔다. 대학에 진학한 나는 곧장 영화 동아리에 들어갔고 그곳에서 16밀리 필름 작업에 참여하고, 영화제를 개최하고, 자막 작업을 하고, 세계 영화사를 공부하고, 시나리오를 쓰고, 몇 편의 단편에서 주연배우를 하기도 하며 영화에 한 발 더 들어서게 된다.

무엇보다, 그곳에 모여 있던 사람들이 좋았다. 영화에 미쳐 있는 그들 속에서 나 또한 자연스럽게 영화 공동체의 일원이 되어 있었다. 영화로 생각하고 영화로 대화했다. 살아오면서 견딜 수 없이 힘든 어떤 일을 겪을 때, 그 고통의 무게를 영화의 한 장면으로 가늠하며 그 시간을 버텼다. 내 삶이 한 편의 영화라면, 지금 이 시간은 분명 삶 전체를 놓고 볼 때, 꼭 필요한 시퀀스일 거라고 여기며 견뎌냈다. 그렇게 나는 영화와 은밀히 손을 잡았고 나만의 비밀을 담담히 지니게 됐다.

'얼굴로 모든 걸 느끼고, 그다음 손으로 부지런히 쓰기를 익히고, 그다음 진짜 용기를 배우고, 그다음은 모든 것을 다 보고 견디는 '쇠신경'을 갖고 있다고 믿어라.'

내 어릴 적 흑백사진 아래, 아빠가 써놓으신 글이다. 나와는 여섯 해를 함께한 아빠가 내게 남겨놓은 처음이자 마지막 문장이 서늘하고 아프다. 삶을 살아내야 하는 고작 여섯 살 딸에게 삶이 끝나가던 당신이, 나를 이미 이 세계로 밀어 넣은 것 같다. 이제 네 얘기를 해봐. 도처에서 반짝이는 기적 같은 날들을 붙잡아. 마침내 도달할 수 있을 것 같은 이 세계는 그저 있는 그대로의 삶이자 느낀 그대로의 영화일 것이다.

모두가 잠든 캄캄한 밤에 반딧불이를 잡아 책을 읽던, 까만 여자아이였던 내가, 어둠을 밝힐 영화를 붙잡고 여전히 까만 여자 어른으로 살아간다.

날마다 앞만 보고 달렸다. 지나가던 날들

나는 자동차와 남편을 맞바꿨다고 우습지도 않은 우스갯소릴 했다. 반은 진심이었다.

그 환란의 서막이 밝은 줄도 몰랐던 2017년 1월 1일 0시가 되자마자 지긋지긋하게 마셨던 술을 끊기로 했다. 당시 남편은 "어허, 그럼 난 뭘 하지" 하며 웃었다. 내 앞에 앉은 C는 술잔을 부딪치며 페이스북을 끊겠다고 말했다.

아무튼 나는 정말로 술을 단박에 끊었다. 대단한 일이었다. 네가 술을 안 마시니, 내가 심심하다던 그의 말에도 술 한 방울 입에 대지 않았다. 맑은 정신이 되자마자 운전면허를 따야겠다고 생각했다. 그 오랜 영화 일을 하면서도 하지 않던 결심이었다. 마흔 중반에 들어서던 해였다. 뭔가 변화가 절실했다. 술 취한 인생을 좀 바로잡아야겠다고 생각했다.

당시 나는 홍대 앞에서 뮤지션 남편과 그의 친구들의 놀이터 같던 바를 운영하고 있었다. 동시에 영화와 아이돌의 뮤직비디오 일도 겸업했다. 전자는 늘 마이너스 운영이었고 후자는 전자의 마이너스를 메우는 일이었다. 그래서 후자를 더 열심히 해야 했고, 밤샘 촬영 중에 잠시라도 눈 붙일 나만의 공간이 필요했다. 무엇보다, 혼자되신 시어머니와 같이 사는 상상을 했다. 나는 큰며느리였으니까.

1월 중순쯤이었다. 남편이 촬영을 마치고 온 나를 컴퓨터 앞으로 불러 앉혔다.

"이거 좀 봐라, 너를 위해 다 모아뒀다."

그는 수백 장의 사진을 한 장 한 장 넘기며 사진 속 이야기를 들려줬다. 레드 제플린의 앨범 커버도 있었고, 명화들도 있었고, 시시한 외국 여자 사진도 있었다. 그는 사진들을 보여주며 뮤직비디오의 레퍼런스로 삼으라고 했다. 나는 크게 감동했지만 작게 미소 지으며 나란히 앉아 한참 동안 그 사진을 보며 그의 얘기를 들었다. 실은 평생을 듣던 이야기라 그의 다음 말까지 다 외우고 있었지만 내색하진 않았다. 그저, 그의 그 좋고 선선한 마음을 기쁘게 감상했다. 그리고 내가 말했다. "우리, 어머니랑 같이 사는 거 어때?" 그는 "나는 좋다. 네가 알아서 해봐라" 라고 했다.

다음 날 곧바로 운전면허학원에 등록했다. 일사천리로 거의 만점에 가까운 점수를 받고 면허를 따냈다. 물론 그때 누구보다 환호해 주던 이는 그였다. 면허증을 받자마자 다음 날 수원 중고차 판매장에 가서 차를 샀다. 운전 경력이 단 하루라서 보험료만 300만 원 가까이 나왔던 것 같다. 무모하리만치 용감한 나는 무작정 수원에서 출발해 동교동까지 갔다. 어제 딴 면허증이 대시보드 위에서 반짝였다. 그래, 앞차만 보고 가자 했는데 아무리 가도 똑같은 길 위에 있는 것 같았다. 차창 밖으로 해가 지고 있었고 앞차의 엉덩이는 더욱 붉어졌다. 그 엉덩이에 닿지 않으려고 용을 쓰며

브레이크를 밟았다. 브레이크와 액셀을 혼동하지 않으려고 온 힘을 다했다. 오른쪽 발에 쥐가 나려던 참에 집 앞 언덕에 다다랐다. 그 언덕을 오를 때는 롤러코스터를 탔나 싶었다. 정말 무서워서 눈물이 찔끔 났다. 집 앞에 도착했다. 하지만 주차를 할 수 없었다. 엊그제 시험장에서 본 주차장과 완전 딴판이었다. 앞만 보고 달려왔지, 실전에서 후진은 아직 못 해본 것이었다. 때마침 옆집 아저씨가 주차장에서 담배를 피우고 있었다. 그분이 허허 웃으면 주차를 해주셨다.

우리에게 자동차가 생기다니 그도 나도 마냥 기뻤다. 매일 차를 끌고 길을 나섰다. 어떤 날은 신호 대기 중 옆 차선에 있던 아저씨가 빵빵 클랙슨을 울리며 나를 보고 고함을 쳤다. 나는 뭔가 큰 잘못을 한 줄 알고 창문을 조금만 내렸는데 그 틈을 비집고 "사이드미러! 사이드미러!" 하는 소리가 들렸다. 아, 내 차 사이드미러가 접혀 있었다. 그 후로 운전 실력이 조금씩 늘었다. 어떤 날은 고속도로를 달려 멀리 어머니 집에 다녀오기도 했고, 어떤 날은 술에 취한 그의 친구들을 모두 집까지 데려다주기도 했고, 어떤 날은 앞창으로

훤히 보이던 붉은 석양이 너무 예뻐서 그와 함께 감탄하기도 했다. 하지만 이것은 운전을 시작한 날로부터 단 2주간의 어떤 날들이었다.

드디어 차를 끌고 촬영 현장에 가서 밤을 새웠다. 쉴 곳이 생긴 나는 두 다리를 펴고 의자를 힘껏 뒤로 젖혔다. 아, 그랬었다. 그 잠깐의 달콤한 휴식의 맛이 이제야 기억났다. 그 시간 후에 벌어질 일들은 이 모든 날을 전복시켰으니 그 후로 달콤한 휴식이란 없었다. 어찌 됐든 촬영은 아침이 되어서야 끝났는데 술 취한 남편은 밤새도록 언제 끝나느냐, 언제 집에 오느냐 어린애처럼 떼를 썼다. 점심시간을 넘긴 즈음에 집에 도착했다. 분명 술 냄새를 풍기며 잠들어 있어야 할 그가 웬일로 말끔한 모양새로 "왔나?" 하며 웃었다. 그런 그가 이상하다고 생각지도 못하고, 너무 피곤했지만, 작은 방 컴퓨터 앞에 앉았다. 10년 전에 남편이 받았던 대출금을 갚아야 할 날이 코앞으로 다가왔기 때문에 연장 신청을 해둔 상태여서 그 답을 기다리고 있던 터였다. 어라, 열려 있던 화면에 페이스북 메시지 창이 열려 있었다. 어머나, 간밤까지 나와 카톡을 주고받던 C가 내 남편과는 '페메'를 주고받았네? 불행인지 다행인지 초반 메시지를 읽을 땐 실소가 터졌다. C의 다정한 유혹의 신호를 전혀 알아듣지 못하고, 오히려 그는 마누라 걱정을 하고 있었다. 침대에 누워 있던 그에게 따져 물었더니 "C에게서 메시지가 자꾸 와서 어쩔 수 없었다, 앞으로는 안 하겠다"고 했다. 속도 없던 나는 그 말을 그대로 믿었다. 틀린 말은 아니었다. 내가 아는 그였다. 13년간 단 한 번도 내게 거짓을 말하지 않던 자. 맑고 투명해서 다 들여다볼 수 있던 그였다. 그렇게 믿고 싶었다.

별일 없이 일주일이 흘렀다. 월요일 오전이었다. 뮤직비디오 잔금이 들어오자마자 나는, 지난주에 내 이름으로 받아놓은 대출금을 합했다. 의기양양한 얼굴로 대출금을 상환하러 은행에 가자고 남편에게 말했다. 그는 여전히 침대에 누운 채 웃는 얼굴로 나만 다녀오라고 했다. 두어 시간이 걸렸다. 집에 오니 그는 없었다. 어디냐 물으니, 처음엔 낙원상가라더니 그다음엔 한 번도 간 적 없던 대림동이라더니 그다음엔 홍대 앞 술집이라더니, 금방 오겠다더니 자정이 넘어서는 전화도 받지 않더니 새벽 1시에 지금 택시 부를 거라더니, 사실은 C의 집에 있다는 것이었다. 수화기 너머로 '푭' 소리가 났다. C였다. 그 푭 소리가 한동안 귓가를 떠나지 않았다. 푭은 벌레처럼 뇌 주름 사이사이를 헤집고 다녔다.

나는 매일매일 진심을 다해 운전했다. 사이드미러를 펼치는 것도 잊지 않았다. 차는 앞으로 갔다. 차창으로 풍경도 지나갔다. 차를 타고 앞으로만 가다 보면 뭐든 다 지나갔다. 기억도 후회도 다 지나갔다. 그렇게 분명한 목적지도 없이 가고 또 가고 앞으로만 달렸다. 가다 보면 파주였고, 가다 보면 양양이었고, 부산이었고, 춘천이었고, 일산이었고, 하남 미사였다. 그렇게 오가다 미사로 이사까지 했다. 아주 낯선 곳이었지만 그곳이 좋아서 5년을 살았고 지금은 일산으로 왔다. 서쪽 끝에서 동쪽 끝으로, 동쪽 끝에서 다시 서쪽 끝으로.

지나가고 지나 보내던 중에, 나는 차 안에서 지나치게 울었나 보다. 소리도 여러 번 질렀다. 내 자동차만 그 사실을 알고 있다. 차 안에서 모든 흐르는 것을 보며 울다가도, 꽉 막힌 도로 위에서 정차된 차들을 보면서 '이 많은 차 안에 나와 엇비슷한 농도의 비명을 지르거나 눈물을 흘리는 사람이 두어 명은 있겠지? 나보다 힘든 일을 겪고 있는 사람도 있겠지? 이 또한 다 지나가겠지?' 하며 눈물을 뚝 그치기도 했다. 그때는 정신 줄을 반쯤은 놓고 살아서 신호 위반 딱지를 몇 번이나 끊었는지 모른다. 경찰이 저 앞에 서 있는데도 그냥 막 달렸다. 어쩔 수 없던 날들이었으니 어쩔 수 없었다. 사고 없이 다녔으니 그것만으로도 천만다행이다. 그런 와중에도 일은 끊이지 않았다. 영화를 찍기 위해 부산에 두어 달 머물렀을 때는 고양이들이 보고 싶어서 주말마다 부산에서 미사까지 다녀가기도 했다. 왕복 600킬로미터 거리였다.

내 자동차는 내가 가자면 가고 멈추라면 멈췄다. 내 말을, 내 몸짓을 있는 그대로 가감 없이 들어주던 세상 단 한 사람이 사라진 후, 자동차가 그것을 대신하는 것만 같았다.

몇 개월 전에 그 자동차를 폐차 값에 팔았다. 7만 킬로 탄 중고차를 사서 7년 동안 11만 킬로를 달렸으니 그동안 참으로 고생 많았다. 차에게 편지를 쓰려고 했는데 쓰지 못했다. 내가 좀 바빴다. 게다가 얼마 전에 작은 SUV로 갈아탔으니 뭔 더 할 말이 있겠느냐.

남자 없이는 살아도 차 없이는 못 살게 된 것이었다.

서쪽 끝에서 동쪽 끝으로, 다시 서쪽 끝으로

결혼 전에도 결혼 후에도 원 없이 이사를 다녔다. 나는 이사가 취미인 여자로 불리기도 했다. 공간을 찾고 그곳을 꾸미는 것은 미술감독인 내게 마땅히 설레는 일이기도 했다. 소파 위치를 잡으며 상상했다. 이곳에서 또 어떤 이야기가 잉태될 것인가, 창밖에서 어떤 새소리가 들려올까, 새순을 틔울 식물들과 집 안에 흐를 음악의 높낮이, 빛의 조도까지. 보글대며 끓을 된장찌개도 새집에선 모두 새롭게 설렐 이야기였다. '뒤집힌 그 양말, 뒤집힌 채 빨아. 신을 때 내가 뒤집으면 된다'던 그 반복도.

이혼하자마자 이사부터 했다. 처음엔 동교동에서 서교동으로, 8개월 후에는 서교동에서 하남 미사로 이사했다. 미사에서 5년을 살다가 얼마 전에 서쪽 끝 일산으로 왔다. 처음 서교동으로 이사할 때, 13년을 끌고 다녔던 모든 가구를 버렸다. 이혼 후, 그의 짐도 남김없이 보냈다. 짐을 가지러 오겠다고 했지만, 얼굴을 마주할 자신이 없었다. 얼굴을 안 볼 방법도 있었지만, 바꾼 비밀번호를 알려주고 싶지 않았다. 새집에 새 가구를 들였고 커튼도 식물도 다 새로 들였다. 내 것으로만 채워진 집은 그 자체로 나였다. 새로운 시작이었다. 뮤직비디오 일과 영화 일을 병행하고 있어서 가능한 소비였다. 일할 때만큼은 미련한 감정도 사라졌다. 그래서 앞뒤 재지 않고 일했다.

미사신도시에서 3년 정도 살았을 때, 모 잡지사에서 서울을 벗어난 삶에 관한 주제로 내게 글을 청탁한 적이 있다. 그때의 내 상태 값이 그 원고에 잘 그려져 있다. 지금 다시 쓰라고 하면 그때처럼 못 쓸 것이다. 왜냐하면 지금 나는 반대편 일산으로 이사 왔기 때문이다. 이곳으로 오자마자 이 지긋지긋한 이혼에 관한 이야기를 쓰느라 미쳐가고 있을 뿐이다. 그래서 전에 쓴 것을 이곳에 조금 고쳐서 옮긴다.

2021년 2월 3일 《하** 바* 3월 호》

질 들뢰즈는 『소진된 인간(L’épuisé)』에서 “소진된 인간은 ‘모든 가능한 것’을 소진한 자이며, 모든 피로 너머에서 결국 다시 한번 ‘가능한 것’과 끝장을 본다”라고 했다.

불과 몇 해 전, 나는 소진될 대로 소진되어 기진맥진한 자였고 동시에 무엇을 붙잡을 힘도 없이 피로할 대로 피로한 자였다. 삶을 지탱해 주던 ‘모든 가능했던 것’이 하루아침에 불가능의 상태가 되었고, 경험하지 않고서는 상상할 수 없었던 극심한 상실의 고통을 겪었다. 사람들이 내민 위로의 말들과 손길조차 피로했다. 사방 벽이 꽉 막힌 답보 상태에 놓인 내가 겨우 생각해 낼 수 있던 것은 의도치 않은 삶의 큰 변화를 어떻게 받아들여 내 것으로 소화할 것인지, 이 시간이 내게 왜 주어진 것인지 곱씹는 것이었다. 하지만 결을 내주다가도 만지려 들면 쏙 빠져나가는 고양이들의 꼬리처럼 어떤 생각이나 다짐, 지난 시간조차 내게 속한 것은 없었다. 시간은 흐르고 있었지만 나만 멈춘 상태였다. 리셋이 필요했지만, 버튼이 없었다. 그저 텅 빈 상태 같았다. 하지만 그 시간을 그리 오래 끌고 싶지는 않았다. 인간의 사는 힘은 강해서 모든 것을 소진했다고 느꼈을 때, 회복에의 열망도 함께 왔다.

3년 전, 나는 우연히 하남 미사 신도시에 처음 발을 디뎠다. 20년 넘게 홍대를 벗어난 적 없는, 홍대 앞이라면 눈을 감고서 (연도별로) 세세한 지도를 그릴 수 있는 내가, 하남 미사에 우연히 도착했을 때, 실로 오랜만에 낯설면서 낯익은 설렘과 편안함을 느꼈다. 그건 좀 이상한 감정이었는데 예의 신도시가 지니는 황량함과 매끈한 풍경이 나를 밀어내는 것이 아니라 너도 무엇이든 새로 시작해 보라고 끌어당기는 것만 같았다. 언덕이라고는 없는 편평한 땅 위에 골고루 공평히 내리쬐는 햇살 때문이었을까? 뺨을 스치는 부드럽고 미지근한 바람 때문이었을까? 새 땅에 이제 막 뿌리를 내리는 어린 식물들의 생기 때문이었을까? 무엇보다 그것들을 느슨하게 오고 가는 사람들 간의 여유 있는 보폭 때문이었을까?

익숙해질 대로 익숙한, 묵은 기억과 감정이 곳곳에 즐비한 홍대 앞을 떠나야겠다고 마음먹었다. 공허를 물리치고 가능의 세계를 열기 위해 이제는 떠나도 될 때였다. 서교동의 월세는 오를 대로 올라 있었고 주차할 때마다 이웃과 신경전을 벌여야 했고, 창을 열면 보이는 고작 한 뼘의 하늘과 아래층에서 들려오는 밤낮 없는 소음은 내게 더 이상 '응시의 시간'을 허락하지 않았다. 시간이 날 때마다 차를 끌고 하남으로 갔다. 러시아워를 피하면 서교에서 미사까지 40분가량 소요됐다. 수개월 동안, 내가 가진 누추하지만, 최선인 조건을 단단히 주머니에 지닌 채 무리하지 않는 범위 내에서 집을 찾아다녔다. 여름과 가을을 지나 3년 전 이맘때 겨울, 드디어 이 집을 찾았고 발견했다. 집은 주택단지에 자리 잡고 있었는데 200년 된 신앙공동체 구산성지가 구역 초입에 있었고, 예쁜 단층 주택들이 여유롭고 단정하게 형성된 곳이었다. 미사 수변공원과 한강공원으로 연결되는 공원 산책로가 동네를 빙 둘러 감싸고 있었으며 풍성한 나무들 너머에 말끔한 아파트들이 가로등인 양 서 있었다. 무엇보다 세 계절 동안을 찾아 헤매다 발견한 이 집은 소박하고 아름다운 정원을 가로지르면 주인집과 현관을 따로 둔, 별채로 지은 3층짜리 단독이었다.

이중문이 있는 1층 현관에서 신발을 벗고 계단을 오르던 순간, 내가 잃었다고 생각했던 꽤 괜찮은 나와, 내가 그려낼 수 있는 가능한 모든 그림과, 거대 캣타워가 될 계단을 오르내리는 고양이들의 기쁜 반복이 떠올라 가슴이 벅찼다. 2층은 화장실과 주방 겸 거실이 있고 계단을 더 오르면 또 다른 화장실과 작은 거실, 기울어진 천장이 매력적인 넓은 방이 있었다. 사방으로 나 있는 창으로 온종일 햇살이 쏟아져 들어왔고 마음껏 하늘과 나무들이 보였다.

이곳에서 세 번째 겨울을 보내고 있다. 지금 창밖에는 눈이 내리고 있다. 하염없다. 문득 이사 온 지 얼마 되지 않아 처음 맞이한 눈 내리던 날이 떠오른다. 거센 눈발에 금세 창밖의 모든 풍경은 흰 눈으로 뒤덮여 고요했다. 사람들의 흔한 발자국도 새겨지지 않아 적막함마저 감돌았다. 순간 예전에 느낀 적 없는 어떤 고립감이 들었는데 그것은 쓸쓸하거나 외로운 것이 아니었다.

온전히 혼자인 채로 맛본 그 고립의 감정이 내 안에 꺼져 있던 리셋 버튼을 눌렀다. 세상은 멈췄는데 나만 작동하기 시작했다. 고개를 들고 나 자신의 맨얼굴과 마주했다. 붙잡기 위해 놓치고 산 것들, 불가능하리라 어림잡고 외면했던 것들. 나였기 때문에 가능했으나 잊고 있던 것들에 대한 목록을 하나하나 들춰보기 시작했다.

봄이 왔을 때, 달리기 시작했다. 운동화 끈을 묶고 문만 열면 달리기 코스가 여러 갈래 펼쳐져 있는 이곳에서 뛰지 않을 이유가 없었다. 일주일에 두세 번씩 5킬로에서 10킬로씩 뛰었다. 달리다 보니 나 자신의 작업에 몰두할 에너지가 생겼다. 시나리오를 쓰기 시작했고, 내 영화를 만들었다. 아무 때고 한잔하자는 친구들의 심심한 전화는 뜸해졌고, 대신 친구들은 좋은 날을 잡아 우리 집으로 여행을 왔다. 여행자의 마음으로 서로를 대하니 관계의 밀도가 높아졌다. 어떤 친구는 "와, 마치 유럽의 고급 에어비앤비에 온 것 같아"라고 했다. 그렇다. 지치고 소진된 것을 회복시키기 위해 우리는 여행을 떠났었다. 매일 같은 아침이지만 다른 날들, 똑같은 매일을 다른 습관으로 튜닝해보는 것. 여행자의 마음으로 하루하루 충만히 충실하고, 맘껏 게으를 것. 공허를 거둬낸 명징한 눈으로 계절의 변화를 응시할 것. 이것이 내가 가진 '가능'의 버튼이자 내가 끝장낼 '가능한 무엇'이다.

집이라는 세계의 구석에서 즐거운 고립을 자청한 난, 언제나 여행자다. 떠나기도 돌아오기도 하는.

나의 털 식구들

나는 혼자다. 그런데 나는 또 혼자가 아니다. 무엇보다 내 곁에는 지금 나만 바라보는 털 식구들이 있다. 나도 그들을 자주 바라본다. 우리는 서로를 본다. 말도 없이 본다. 눈빛만으로 서로를 안다. 첫째 고양이 네오는 나와 16년째 함께 살고 있다. 내 인생에서 사람을 포함해 가장 오랜 세월을 함께하고 있는 생명체다. 둘째 냥이 단테는 5년 전, 내 품에서 고양이별로 돌아갔다. 그 후에 길에 살던 고양이 도로시, 마틸다가 식구가 되었다. 몇 해 전부터는 영화 현장에서 구조한 강아지 벨라도 내 곁에 있다. 식구가 좀 많다. 하지만 돌볼 생명들이 있다는 것은 나 자신을 돌본다는 일과 같은 말이다. 식구가 많아서 나는 매일 바쁘다. 외로울 겨를이 없다. 덕분에 나도 산다.

단테가 떠나고 얼마 후 잡지에 쓴 글을 수정해서 여기에 옮긴다.

2021년 4월 〈**내 사랑하는 고양이들 안녕? 안녕, 안녕!**〉《라**앤도*, 5월 호》

"내 사랑하는 고양이 단테야, 단테-단테 노래 부르면 보드라운 담요 밖으로 회색 꼬리 살랑거리며 대답해 줄까. 우리 단테 어디 숨었니. 자고 있느냐, 그 잠은 영원 같아서 고요하기만 하구나."

지난 2020년 12월 12일 새벽 2시, 둘째 고양이 단테가 내 품에 안긴 채 떠났다. 잔물결 치듯 파르르 떨리던 작은 몸, 11년 5개월의 묘생을 끝내던 그 마지막 찰나의 전율을 오롯이 내게 건네고 단테는 눈을 감았다. 급성 신부전 말기 판정을 받은 지 보름 만이었다. 그 보름 전, 의사는 길어야 일주일이라고 했고, 마음의 준비를 해야 할 것이라 했다. 그것은 사뭇 불가해한 말이었다. 생사 앞에서 마음의 준비가 무슨 소용일까. 모든 죽음은 갑작스럽고 느닷없다. 동시에 깊은 절망과 돌이킬 수 없는 회한이 있다. 이 느닷없는 이별은 절대적인 슬픔과 맞닿아 있어서 시간이 흐른다고 해도 지워지지 않는다. 시간은 오래될수록, 존재했던 것을 더욱 구체화할 뿐이다. 물론 그 구체란 각자의 기억이며 각자의 형상이다. 그래서 마음은 준비할 수 없는 것이다.

우연히 찾은 고양이 카페에서 단테를 처음 만났다. 카페를 점령한 수십 마리의 고양이를 넋 놓고 바라보며, 집에서 자고 있을 입양한 지 두 달 된 네오를 생각하고 있을 때, 어디선가 〈이웃집 토토로〉의 검댕먼지 같은 것이 날아와 내 어깨 위에 내려앉았다. 너무나 작고 가벼운 것이 목덜미를 간질이는가 싶더니 곧, 어깨 위가 따뜻해져 왔다. 그것은 심장이었고 체온이었다. 고개를 돌려 보니 동그랗게 말린 짙은 회색 털 사이에서 초록 눈이 반짝 빛나다 사라지길 반복했다. 단테는 그렇게 내게 왔다. 결코 털어낼 수 없는 먼지 같던 생명체는 집 계단을 오르는 케이지 안에서 설사를 해댔다. 곧바로 병원에 데려가니 범백혈구 감소증이었다. 고양이 범백은 치사율 70퍼센트라고 했다. 이 조막만 한 새끼 고양이가 살겠다고, 살려달라고 우리에게 온 것이구나 싶었다. 의사는 일주일이 고비라고 했다. 밤낮으로 설탕물과 당근 삶은 물을 새끼손가락으로 찍어 먹였고 아무렇게나 흐르는 변을 닦아내며 기어코 살려냈다.

살려내자마자 '단테'라고 이름을 지었다. 지옥에서 길어 올린 단테의 '시' 같은 고양이, 오래오래 살아서 장편 서사시가 되라고 단테! 이름을 불렀다. 순간, 단테는 내 새끼손가락만 한 꼬리를 바짝 세우더니 초록 눈을 동그랗게 뜨고는 "엄-마" 하고 울었다. 뭐라고? 엄마라고? 순간 내 귀를 의심했지만 정말 그 소리는 엄마였다. 나는 단테가 울자 비로소 엄마가 되었다. 단테의 엄마라니, 근사했다. 네오야 너도 엄마 해봐 했더니 네오는 "네-오" 하고 울었다. 그런데 그 후로 단테는 어디서나, 누구에게나 "엄-마" 하며 울었다. 단테를 한 번이라도 만난 친구들은 자의 반, 타의 반 엄마가 되었고 단테를 끔찍이 예뻐해 줬다. 단테는 묘생 내내 수없는 사랑을 받았고, 수없이 아팠고 여러 번 생사의 고비를 넘기기도 했다. 우리 셋은 서로에게 반복이었고 습관이었다. 그런 단테가 한 줌의 재가 되어 볕 잘 드는 선반 위에 있다.

그 명료한 사실 앞에서 단테의 검고 가벼운 몸짓이 창문턱에서, 책장 위에서, 계단참에서, 집 안 곳곳의 그림자에서 날마다 아른거린다. 눈을 비비며 어쩔 줄 몰라 할 때면 네오가 네-오 하고 먼저 울어준다. 아주 오래전, 단테가 요로계 문제로 고통스러워한다는 것도 네오 때문에 처음 알게 됐다. 배를 보이며 누워 있던 단테를 한없이 쳐다보던 네오가 고개를 돌려 이전에 내지 않던 소리로 먀- 하며 울었고, 나는 곧바로 네오의 언어가 걱정과 슬픔의 시그널이라는 것을 알아챌 수 있었다. 네오는 석 달 터울 동생이 떠나는 순간을 고스란히 지켜봤다. 단테의 상태가 급격히 나빠지던 밤, 네오는 침대 주변을 조용히 맴돌았다. 사경을 헤매던 단테가 잠시 눈동자의 초점을 맞추며 잉- 소리를 내자 기다렸다는 듯 훌쩍 다가가 마지막 인사처럼 얼굴을 두어 번 핥고 코 뽀뽀를 해주더니 한 걸음 뒤로 물러나 가만히 앉았다. 잠이 많은 네오가 밤새도록 단테의 마지막을 담담히 지켜보고 있었으니 나는 울 수 없었다. 네오의 이별 방식은 의연했고 우아했다. 네오에게 배웠다.

단테가 떠나고 처음 며칠은 그저 멍했다. 눈물도 나지 않았다. 네오도 마찬가지였다. 우리 둘은 침대에 나란히 누워 한동안 떠다니는 먼지만 바라봤다. 창밖에서 들려오는 사소한 소리에 까만 여자 사람과 하얗고 큰 고양이가 동시에 고개를 들고 두리번거리기도 했다. 네오와 나, 둘만 남았다. 긴 세월 오래오래 부대끼며 살던 고양이 같던 사람과 사람 같던 고양이를 모두 떠나보낸 경험을 가졌구나. 그 느닷없는 이별의 슬픔과 공허는 너나 나나 다를 바 없을 것이다. 만남과 이별, 상실과 부재, 절망과 회복의 시간을 오갈 때 고스란히 함께한 존재가 다름 아닌 내 첫째 고양이 네오라니. 눈뜨자마자 네오의 폭신하고 말랑한 뱃살을 만지는 날들에 그저 감사하다. 그리고 우리에게 조금 더 감사한 일이 생겼다. 단테의 초록 눈과 네오의 분홍 코를 꼭 닮은 길 출신 도로시가 우리 집에 왔다. 둘은 만난 지 한 달 만에 꼭 껴안고 자는 사이가 되었다. 나는 아직 도로시의 털끝도 만져보지 못했다. 못다 한 이야기가 많지만 어쨌든 이 글이 끝나가고 있다. 단테가 있었다면 아마 쓰지 못했을 것이다. 속절없이 자판 위에 누워 비켜주지 않았을 테니까.

몇 개월 후, 사람들이 자꾸만 까맣고 작은 고양이 사진을 보여주며 나랑 닮았다고 했다. 간선도로 인근 숲에 살던 아이였다. 그 여름에 구조된 까만 고양이는 결국 우리 집에 왔다. 나를 닮았다는데 데려오지 않을 재간이 없었다. 이름은 마틸다, 주로 막둥이로 불린다. 그리고 그해 11월, 여주에서 영화 촬영 중이었다. 촬영 장소가 하필 불법 개 사육장이자 불법 보신탕집이었다. 마당 한가운데 뜬장에 갇혀 떨고 있던 강아지를 구조했다. 벨라다. 똑똑하고 우아한 강아지라고 사람들이 입을 모아 말한다. 덕분에 매일 산책하러 밖에 나가고, 덕분에 좀 다른 모양으로 웃는다. 고양이와는 달리 대부분을 함께한다. 다정하고 충직한 친구다. 모두 우리 집에 같이 산다. 북적북적 고요하다. 지금도 내 등 뒤로 고양이 셋이 나를 빤히 보고 있다. 관찰인지, 감시인지, 애정인지 알 수는 없지만, 특히 도로

시와 막둥이는 만질 수도 없지만, 만진다고 뭐 사랑이 변하니. 변하는 건 사랑도 아니지.

오늘도 손등에 머무는 햇살이 고마워

오전 7시. 닫힌 커튼 틈을 비집고 들어온 햇살이 손등에 머문다. 제법 오래 머문다. 따뜻하다. 햇살을 어루만진다. 햇살도 나를 만진다. 발치에는 강아지 벨라가 새근새근 규칙적인 숨소리를 내며 잠들어 있다. 사람이 다 된 고양이 네오가 안방 문고리를 잡아 흔들며 이 고요를 깬다. 아침밥 달라는 아우성이다. 피식 웃음이 난다. 벨라가 깰까 조심조심 이불을 빠져나와 까치발로 걷는다. 오도독오도독 고양이들의 사료 씹는 소리를 들으며 커피를 내리고 음악을 틀고 가벼운 맨손 체조를 한다. 거실 한가운데 내 키보다 커진 나무 피쿠스 움벨라타에 흠뻑 물을 준다. 요즘 아침마다 가장 자주 듣는 음악은 여전히 주앙 질베르토. 그의 읊조림은 언제나 듣기 좋고 편안하다. 음악은 집 안에 부드럽고 낮은 포물선을 그린다. 지금의 집에서 새로 만들어진 루틴이다. 이것을 쓰던 과정이 이 집에 적응하게 했다. 오전 8시. 고양이들은 잠이 들었다. 벨라가 일어나 꼬리를 흔들며 내 곁으로 온다. 길게 기지개를 켠다. 우리 벨라 일어났어요? 아이고 예뻐라, 쓰다듬고 아침밥을 준다.

커피를 마시며 노트북 앞에 앉아 어제까지 썼던 글을 다시 읽는다. 흔한 이야기를 많이도 썼다. 어떤 것은 과하다. 처음 쓰기 시작했을 때의 것들이 그렇다. 밤을 새우며 썼었다. 새벽 세 시경에 쓴 것들은 그 시간처럼 칠흑 같다. 어떤 것은 쓰다 말았다. 낮에 쓴 것이 또 그렇다.

다시 썼다 지우고 고쳐 쓴다. 아무도 모를 테고 몰라도 될, 나만 아는 새로 고침이다. 문장을 썼다 지우며 지난 시간과 타인의 마음과 나의 진심을 헤아린다. 비로소 그 찬란했던 고통과 슬픔에서 멀리 와 있는 느낌이다. 홀가분하다. 7년 전 일기에 쓴 '어떤 환희와 명징'이란 것이 이것이었을까 싶다.

다시, 어디선가 '잔나비' 노래가 들려오고 나는 나도 모르게 담담히 흥얼댄다. 그때의 마음도, 지금의 마음도 모두 받아들인다.

'눈이 부시던 그 순간들도 가슴 아픈 그대의 거짓말도 새하얗게 바래지고, 비틀거리던 내 발걸음도 그늘 아래 드리운 내 눈빛도 아름답게 피어나길.'

너무 많은 일을 겪었다. 더는 놀랄 일도 없다. 하지만 이 글을 쓰는 것은 조금 놀랄 일이었다. 부러 펼쳐 본 슬픔이여 안녕. 너무 울어댔구나. 쓰는 동안은 울지 않았다.

지난 고통을 마주했던 나에게 박수를 보내며,

저 멀리에 있는 모든 결별이여 안녕, 안녕.
그곳이 부디 피안이길.

p.s. 이 글의 마침표를 찍던 순간, 새로운 프로젝트를 시작하자는 전화가 걸려 왔다. 마음 한편에 묻어

있던 걱정의 그을음이 순간 말끔히 걷혔다. 표정을 고쳐 입고 거울 앞에 선다. 정 감독, 반가워. 새 프로젝트를 향해 길을 떠나자, 또박또박 나아가자.

2

멀리 가는 삶

생경

생경 1981년생. 상담자. 고통에서 걸어 나오는 사람의 내면에 있는 힘에 언제나 경외감을 느낀다. 시인의 산문집과 포크 음악, 만화책과 그림책, 아몬드 빼빼로, 해먹, 노을의 시간을 좋아한다. 세계 일주를 하는 자유로운 영혼이 되고 싶었는데 아직 못 했고, 기후 위기를 생각하면 이런 꿈을 가져도 되는지 모르겠다. 몸은 먼 곳을 떠돌지 못해도 마음은 어디든 갈 수 있다. 과하게 솔직한 어린이와 살고 있다. 쿨한 엄마가 될 수 있을 줄 알았는데 답답한 잔소리나 하는 구식 엄마인 것 같다. 어쩔 수 없지.

겨울나무

거실 창밖으로 텃밭이 보이는데 그 한가운데 감나무가 있다. 하늘 아래 낮고 고고하다. 까마귀들이 무리 지어 앉아 있다가 내가 거실 창 가까이 오자 화드득 날아가 버렸다. 텃밭 너머로 뒷산의 능선과 하늘이 보이는 창 앞에 앉아 색이 다 빠진 겨울나무들을 보고 있다.

색이 다 빠진 겨울나무라.
나 같네.

뱉을 말이 없어진 사람
오는 추위에 맞서지 않고
순순히
쥐고 있던 잎사귀들을 내려놓고

설령 그 잎사귀 색이 내가 가장 좋아하는 빛깔이었다 한들

움켜쥐지 않고

그게 나의 본래 색깔이라고 우기지 않고

다 떨구고

맨몸으로 서서 내 밑천이 다 드러난 채로

앞으로 한참 동안은 미동 없이

서 있을 그런

내가 변화하고 성장하는 인간이라는 것을

증명할 욕구를 잊은 사람처럼

가만히 있는 사람

눈에 띄지 않는 것을

독보적이거나 특별한 존재가 아니라는 것을

한탄하지 않으며

지금까지의 시간이 쌓인 몸의 형태 그대로

자연의 바람에 노출된 채 서 있다.

자리

서울에서 차로 대여섯 시간쯤 걸리는 남쪽 끝 바다는 시월 중순을 넘기고도 따뜻했다. 종아리를 걷고 잘박잘박 바닷물이 옅게 차오르는 해변에 서서 아이는 신나 소리를 질렀다. 햇볕에 미지근하게 데워진 바다처럼 안온해 보이는 이런 시골에서 한 번은 살아보고 싶었다. 아이와 마을을 둘러보고, 혹시 이사 온다면 살 집이 있는지 발품을 팔았다. 쌍화탕을 한 박스 사서 마을 이장님도 방문했다. 당장 들어갈 수 있는 집은 없었지만, 마을은 마음에 들었다. 큰 산이 고운 해변을 품고 있고 그 안에 마을이 들어선 오래된 동네였다.

몇 년 동안 나는 있을 자리를 찾아다녔다. 어쩌면 거의 일생을.

있을 자리란 어디인가. 안전한 곳. 나 자신을 의심하지 않는 곳. 비로소 뿌리가 내려지는 곳. 여기 아닌 다른 어딘가에 있어야만 할 것 같아서 마음이 부유하지 않는 곳. 타인의 자리를 질투하지 않는 곳. 혹시 더 나은 선택이 있었을까 봐 실체 모를 후회를 하지 않는 곳. 몸의 주파수와 맞는 곳. 정신이 멀리 도망가지 않아도 되는 곳. 주변 사람들에게 받아들여지고 나도 그들을 받아들일 수 있는 곳. 다른 사람의 상황에 맞춰 살게 된 장소가 아닌 나의 필요와 끌림에 따라 선택한 곳. 나를 괴롭게 하는 사람의 자장에서 벗어난 곳. 싫음으로부터 멀어지고, 좋은 것에 가까워지는 곳. 침범을 내가 통제할 수 있는 곳. 나에게로 걸어 들어가는 곳.

그러면서
자연 가까운 곳.

수많은 곳 중에 내가 깃들 자리를 알아보고, 결정하고, 뿌리내리는 일은 만만치 않다. 직업과 삶의 동반자를 결정하는 것이 가장 고된 자리 찾기다.

결혼했을 때는 드디어 짝짓기 시장에서 벗어났다는 안도감과 노곤함이 밀려왔고, 내가 선택한 사람과 결혼했다는 것에 감사했다. 하지만 내가 결혼을 잘못했다는 알아차림은 생각보다 너무 일찍 찾아왔다. 그때는 임신 5개월이었고, 우리가 결혼한 지도 고작 반년을 조금 넘긴 시점이었다. 아직도 선명히 기억한다. 배 속에 아기가 있고, 겨우 임신한 태가 나기 시작한 상태. 내 몸은 한없이 취약하고, 내가 느끼는 관계의 절망감은 아득했다. 정신을 차려서 정신을 지우자고 다짐했다. 생각하기 시작하면 못 버틸 거라고. 그러니 생각을 멈추고, 일단 아기에게 집중해서 살아남자고. 샤워기를 틀어놓고 물을 맞으며 아기가 자리 잡은 배를 두 손으로 감싼 채 울었다. 생각이 발전하지 않도록 머릿속 일부를 꽁꽁 싸매 검은 봉지에 담았다. 정신을 일부러 분열시켜 두는 것이 때로는 살아내는 데 차라리 낫다.

그렇게 나의 일부를 제쳐놓은 덕에 무사히 내 아이를 만났다. 아이가 태어나고부터는 노력하지 않아도 몸과 정신이 빈틈없이 아이를 돌보는 데 쓰였다. 내가 느꼈던 절망감은 조금 희미해졌고, 어쩌면 아이가 크는 동안 저절로 해결될 수도 있을 거라고 기대하기도 했다. 그러나 정신의 한구석에 몰아둔 검은 봉지들은 잊히는 법이 없다. 때가 되면 반드시 길목을 가로막고 나타나 이 봉지를 벗겨 내용물을 꺼내 들 때까지 버틴다. 아이가 다섯 살 되던 무렵 어김없이 내 검은 봉지들은 풀어 헤친 머리채처럼 눈앞에 나타났고, 나는 더 이상 생각을 잠글 수 없다는 것을 알았다.

그렇게 피할 수 없는 질문들을 들고 버텼다.

바다

바닷가 마을에 살고 있다. 집에서 나와 내 발끝에 파도가 닿기까지 5분이면 충분하다. 흐리고 파도가 높아지는 밤이면 방 침대에 누워서 해안의 파도 소리를 들으며 잔다. 습기를 가득 머금은 공기 속에 누워 밤의 파도를 들을 때면 마음 저 아래 어딘가가 휘저어진다. 내가 떠나온 곳보다 더 먼 곳까지 가고 싶어진다. 이상하게 일렁거리는 마음을 타고 멀리.

봄 관광객이 몰려오기 전의 바다는 아직 춥지만 한적하고 깨끗하다. 한낮에 해가 높을 때는 겨울이라도 맨발로 물을 밟을 수 있다. 발가락 사이사이와 발뒤꿈치를 휘감으며 스미는 차가움이 싫지 않다. 수시로 바다에 나갈 수 있다 보니 바다는 흔하고 만만한 것이 되었다. 언제라도 보고 싶으면 볼 수 있다. 여행객으로 방문하기만 할 때는 볼 수 없었던 바다의 표정들을 봤다.

매일 조금씩 물이 밀려 들어오면 해안가 방파제 수위가 높아진다. 밤사이 파도가 밀어 올린 모래가 해안에 높은 지형을 만든다. 만조의 밤에 나가 파도 앞에서 있으면 조금 무섭다. 그런 날은 파도가 더욱 거세어 모래에 발을 심은 채로 파도를 바라보고 있는데도 자꾸만 바닷물에 빨려 들어갈 것 같다. 그렇게 사람을 끌어당기는 어떤 밤바다는 두렵다. 아이와 밤바다 구경을 나갔다가 파도의 기세에 눌려서 아이를 끌고 갈 것 같은 바다에게 뺏기지 않으려고 손을 꼭 붙잡고 서 있기도 했다.

만조가 지나면 하루가 다르게 물의 수위가 내려간다. 쓸려 가고 또 쓸려 가서 어디까지 쓸려 가나 싶을 만큼 멀리까지 바닥이 훤하게 드러난다. 드러난 바닥의 구멍과 물줄기로 인해 패인 작은 고랑들이 바다의 혈관 같다. 그 구멍들 사이에 가만히 미동도 하지 않은 채 맨발로 서 있다. 아무 일 없는 듯 평온해 보이는 바닥에서 작은 게들이 눈치를 보다 기어 나온다. 쉴 새 없이 흙을 둥글게 말아 먹고 뱉느라 바쁘다. 게 구멍 주변에 작고 동그란 흙 알갱이가 쌓이는 것을 구경한다. 잠깐 몸을 움찔하면 게들이 잽싸게 구멍 안으로 사라진다. 그럼 다시 나는 숨을 죽이고, 게들이 나를 무생물로 인식할 때까지 기다린다. 그렇게 썰물 때는 해안의 게들과 논다.

바닥에 철퍼덕하고 몸을 내맡긴 해초들과 죽어 떠밀려 온 물고기들, 조개껍질들, 부서지고 있는 성게, 새들의 깃털, 나뭇가지들을 보며 해안을 걷는다. 그럴 때면 생의 무수한 시간을 자연 속에서 보냈던 시인 메리 올리버를 떠올린다. 시골로 오기 전 그의 시와 산문을 침대 머리맡에 두고 매일 밤 더듬었었다. 이혼 후에도 내 몸은 함께 살던 집에 묶여 있었다. 현실적인 조건들 때문에 곧장 떠날 수가 없었다. 대신 나는 밤마다 내 정신을 멀리 메리 올리버 옆으로 보냈다. 그처럼 걷고, 바다와 숲을 보고, 자연이 보여주는 생명과 죽음을 관조하며 삶의 고통을 쓰다듬고 싶었다.

염원은 힘이 있는 것 같다. 애초의 기대보다 수년을 앞당겨 바닷가 앞으로 이사를 왔으니까.

이사 오고 얼마 안 되어 아직 바다와 서먹할 때는 해변에서 모래와 싸웠다. 돗자리를 깔고, 가능한 한 모래가 몸에 묻지 않게 움직였다. 가방이나 바지 호주머니로 모래 알갱이가 들어갈세라 신경이 곤두섰다. 기껏해야 발과 손에 모래를 묻히는 정도인데도 잠시 지나면 찝찝한 기분이 들어 얼른 씻어냈다. 아이와 처음 바다로 나갈 때는 커다란 가방에 돗자리, 수건, 담요, 간식, 선글라스, 물통을 챙겨 갔다. 이 물건들의 가짓수는 점차 줄어들더니 어느 시점부터 아예 맨손으로 해변에 나가게 됐다.

내가 좋아하는 방식은 집에서 입고 있던 옷차림 그대로 해변으로 나가는 거다. 해가 서산에 걸리는 네 시에서 다섯 시 사이를 좋아한다. 겨울을 제외하면 너무 덥지도 춥지도 않다. 한낮에 달궈진 모래가 아직 식지 않은 시간이다. 파도의 잔물결이 잘 보이면서도 사람들이 지나는 길목이 아닌 적당한 마른 모래에 자리를 잡고 비스듬히 눕는다. 앞마당 같은 바다. 익숙한 수평선.

그러다 몸을 가로로 지탱하고 있던 팔꿈치에 힘을 풀고 모래에 완전히 몸을 맡긴다. 뒤통수에, 머리카락 사이사이에, 등에, 몸의 모든 뒷면에 모래가 닿는다. 모래와 가깝다. 미지근한 모래 위에 누운 채로 가슴을 압도하는 광활한 하늘을 본다. 한 군데도 가려지지 않은 하늘을 얼마나 자주 봤더라. 한계가 없는 그런 하늘을 올려다볼 때면 나도 그 우주의 먼지 한 점이란 사실이 실감 난다. 그러니 나의 일생 또한 얼마나 작은 것일지.

죽는 순간에 이 모든 것을 되돌아본다면 무엇이 가장 마지막에 남을까. 아마도 사랑. 사랑하고 사랑받았던 기억. 의식이 몸에 남아 있는 마지막 순간까지 가장 붙잡고 싶은 것은 사랑의 경험일 것이다. 그 외의 숱한 미움과 회한의 감정은 피식 웃음 한 번에도 사그라들 것만 같다. 타인의 평가, 내가 성취한 것들, 혹은 잃은 것 중 무엇이라도 마지막까지 품고 싶지 않다.

심장 가운데 가장 오래 지니고 있었던 것은 사랑이길 바란다. 이런 생각을 하며 미미한 존재인 채로 모래알갱이들과 더불어 쉬는 것이 내 소소한 즐거움이다. 방바닥 이불 위에서 뒹굴듯 모래에서 해가 넘어가기 전 짧은 오후를 보내다 훌훌 털고 일어나 집으로 돌아오곤 한다.

어떤 날은 책을 한 권 들고 나가 모래에 드러누워 읽는다. 또 어떤 날은 캠핑 의자를 달랑달랑 들고 가서 오래 앉아 바다를 본다. 어떤 날은 천 원짜리 몇 장을 호주머니에 넣어 가서 해변에서 파는 핫도그를 사 먹으며 바다를 본다. 파도 끝자락에 의자를 놓고 발목을 바다에 담근 채 해가 저물도록 앉아 있는 사람을 볼 때도 있다. 올해는 나도 해봐야지. 해변에서 춤추는 이를 본 적도 있다. 그럴 때 내 마음은 달려가 그 옆에서 같이 춤추고 싶어진다. 언제나 마무리로는 물이 잘박한 해변을 맨발로 거닌다. 윤슬을 보다, 물가에 밀려온 쓰레기를 줍다 하면서.

한여름엔 집에서부터 수영복을 입고 간다. 래시가

드는 싫다. 가능한 한 몸의 많은 부분에 햇볕을 쬐고, 물과 닿고 싶다. 나와 마주치는 동네 분들이 당황하지 않도록 수영복에 바지를 걸쳐 입고 나간다. 해변에 가서 바지만 벗어두면 끝. 우리 마을 바다에는 여름에 해조류가 왕성하다. 얕은 물에 누워 나도 미역인 양 해초들 사이에 둥둥 떠 하늘을 본다. 파도가 작게 넘실거리며 내 몸을 기분 좋게 띄운다. 몸을 내맡긴 채 이리저리 떠밀리다 지겨워질 때쯤 일어나 축축한 몸인 채로 바지를 주워 입고 집에 온다.

집 가까이 해변이 있는 호사를 가만히 누리며 한 해를 보냈다.

싱크대

열심히 꾸몄던 도시의 아파트 속 우리 집은 안락하지만, 늘 마음 안이 시렸다. 깃들고 싶어서 최선을 다했지만 집을 아무리 꾸며도 입안에 버석하게 모래가 씹히는 것 같았다. 가족 공동의 공간인 거실에 나가지 않았고 주로 내 방에 머물렀다. 내 방만이 온전하게 내 것이었다. 아이를 위해 식사 준비를 할 때만 주방에 섰고 설거지를 하며 마음을 씻었다.

그릇을 씻을 때면 못 뱉었던 말들을 마음속으로, 때로는 소리 내서 했다. 몇 번이고 반복해서 하고 싶은 말을 하고 또 했다. 상처로 남아 있는 장면들로 돌아가서 그 장면을 바꾸고, 상을 뒤집어엎고, 아이를 품에 안고 박차고 나오는 상상, 이런 결혼 필요 없다고 소리치는 상상, 그딴 식으로 얘기할 거면 나가라고, 꺼지라고 하는 상상, 개소리하지 말라고 하는 상상, 그런 상상을 하고 또 하고 또 하고 또 해도 여전히 같은 장면에서 서럽고 울분이 나서 뒤통수가 얼얼했다. 누군가 제발 나를 이 싱크대에서 끄집어 올려 저 먼 곳으로, 여기 아닌 다른 곳으로 데려가 줬으면 하고 바랐다. 정신이 쉴 수 있게. 정신이 이 모든 것을 잊을 수 있게. 다른 곳에는 다른 희망이 있다는 것을 알 수 있게.

하지만 그 집을 떠나게 해주는 마법의 존재 같은 건 없었다. 아무도 나를 거기서 꺼내 다른 곳으로 데려가 주지 않았다. 오직 나만이 나를 다른 곳으로 데려갈 수 있었다. 그래서 나는 그 집에서 나를 꺼내 이 곳으로 데려왔다.

'자연으로 가자'
'자연 가까이 가서 살아야 해'
'지금 이곳에서 더 이상 있어서는 안 돼'

수년간 이 말들은 내 속에서 끈질기게 속삭였다. 이들은 깨어 있는 의식에서 떠오르기도 하고 꿈으로 찾아오기도 했다. 도시에서 갑자기 자연 한가운데로 내가 있던 공간이 바뀌는 꿈을 몇 년간 꿨다. 자연 한가운데서 장엄한 풍경을 보거나, 비옥한 황토를 밟고 서 있거나, 새들이 자기들의 세계로 초대하거나, 동물들의 세계에 가서 소통하는 꿈, 현대적인 것과 아날로그가 공존하는 곳에 서 있는 꿈 등 차원 이동과 자연이 연결되는 주제의 꿈을 자주 꿨다. 할머니가 오래된 옛집을 물려주는 꿈도 반복해서 꿨다. 꿈속에서 보는 자연은 숨 막히도록 아름다워서 그 풍경을 잊지 않기 위해 그림으로 그리기도 했다.

수년에 걸쳐 무의식은 내게 자연으로 더 가까이 가라는 메시지를 보냈던 것 같다. 아닐 수도 있다. 하지만 나는 이 신호들을 자연으로 가는 결정을 내리는 근거로 삼았다. 그리하여 나는 내 할머니들이 살았던, 그리고 내 부모의 고향이기도 한 시골로 이사했다. 공교로운 것일까. 시골에 온 뒤로는 그 반복적인 꿈들을 꾸지 않는다.

시골

시골집은 하늘을 이고 땅에 앉아 있다. 비가 내리면 처마로, 보일러 연통으로 비가 닿는 소리가 울리면서 집 안에 있는 나를 감싸듯 몰려든다. 비가 몸 가까이 내린다. 현관문 하나만 열면 마당에 서서 비를 맞을 수 있다. 해가 뜨면 햇살이 마당에 고이고, 바람도 마당을 돌아 나간다. 뜰은 햇볕, 바람, 비, 달과 별을 가만히 담는다. 그 안에 사람도 고양이도 새들도 곤충들도 노닌다. 그렇게 시골집은 도시의 아파트와 다르게 시간을 품기 때문에 이곳에서의 시간은 도시와 다르게 흘러간다.

많은 시간을 대도시의 아파트에서 살았기 때문에 내 몸도 공동생활에 적응해 있었다. 늘 창문 밖엔 건

넷집의 창문이 보였다. 다세대 빌라냐 아파트냐에 따라 건너편 창까지의 거리가 달라질 뿐, 아무도 나를 들여다보지 않는 창밖을 도시에선 가져본 적이 없다. 언제 어디서든 타인의 시선에 노출될 수 있을 만큼 도시에선 사람 사이의 밀도가 높다. 내가 가질 수 있는 공간이 극히 한정적이기 때문에 늘 경계에 예민했고, 세포들이 바짝 곤두섰다.

대도시엔 사람 사이의 거리 말고도 모든 것이 놀랄 만큼 가까이 있다. 돈만 있다면 욕망하는 거의 모든 것을 단시간에 살 수 있다. 욕망과 다음 욕망 사이에 쉴 틈이 없을 정도로 많은 자극이 몰아친다. 직접 요리하지 않아도 외식, 반찬 가게, 밀키트, 배달로 다양한 음식을 맛볼 수 있다. 집 앞에 도착하는 택배와 세탁 서비스 등, 도시에서는 생활에 필요한 많은 것을 몇 번의 클릭과 결제로 해결할 수 있다. 그렇게 시간을 효율적으로 아껴서 우리는 어디로 달려가는 것일까.

집 밖에 나서면 많은 사람과 길에서 마주친다. 많은 사람 속에 산다는 건 활기차고 안전하게 느낄 수도 있지만 그만큼 타인과 나를 비교할 일도 많아진다. 다른 사람의 외모, 패션, 차, 사는 모습, 스펙. 타인을 너무 많이 보고, 또 타인에게 너무 많이 노출된다. 비교와 경쟁이 치열해질 수밖에 없다. 한참 길을 가다 나무 밑 평상에 앉아 쉬고 있는 노인 한 사람을 마주치는 시골에서 어떻게 도시만큼 치열해질 수 있겠나.

또한 도시에서는 시야가 짧다. 모든 것이 밀집되어 있다 보니 시선을 멀리 보낼 일이 없다. 짧은 가시거리 안에서 모든 것이 해결된다. 눈앞의 휴대폰이나 컴퓨터 화면에서 일을 처리하고, 몇 미터 이내의 실내 공간에서 생활한다. 집 밖에 나와도 몇 미터, 몇십 미터 이내에 다른 건물이 있기 때문에 내가 볼 수 있는 건 거기까지다. 간판, 버스 번호판, 길가의 사람들, 건널목 횡단보도의 끝, 운전하는 도로 앞의 차 뒤꽁무니 같은 것들을 보고 살다가 이따금 한강을 건너는 지하철 창문 밖으로 고개를 돌려 몇 초간 강과 하늘을 볼 때 내 시야가 잠시 열린다.

25층짜리 아파트 단지에 살면서 늘 아파트 동과 동

사이로 비좁게 비치는 하늘에 전전긍긍했다. 지금 사는 이곳 시골로 이주하기 전 몇 해 동안 한국의 여기저기를 여행하며 아이와 살 만한 시골을 찾아다녔다. 제주에서 한동안 지낼 때는 협재 해변에서 노을을 자주 봤었다. 발갛고 작은 해가 수평선 아래로 서서히 내려가는 동안 아무것도 시야를 방해하지 않던 그 바다. 협재의 노을을 가슴에 품고서 아파트 동과 동 사이 좁은 하늘로 노을을 가늠할 때마다 속이 시끄럽고 초조했다. 지금, 이 순간 내가 협재 해변에 있다면 저 하늘을 온전히 다 볼 수 있을 텐데. 나는 왜 여기 있어서 노을을 가지지 못하는지.

많은 것을 살 수 있는 서울에 살면서 내가 제일 갖고 싶었던 것은 자연이 있는 일상이었다. 시골에 와서 비로소 내 시선이 멀리 가 닿을 수 있게 되었을 때 도시에서 그런 시야를 열어보지 못한 채 살았다는 것을 실감했다. 먼바다의 윤슬, 산허리에 걸린 안개, 수평선과 하늘의 경계가 흐릿해져 끝을 가늠할 수 없는 아득함, 해먹에 누워 올려다보는 별, 말쑥한 낮달, 파도 위로 빛을 드리우며 일렁이는 밤의 만월. 먼 것들을 바라보며 가슴에 그것들을 담을 때 나는 잠시 현실의 역할들을 내려놓고 그저 하나의 영혼으로 존재한다.

도시에선 밤에 쉽게 잠들지 않는다. 늦게까지 가게들은 문을 열고, 사람들도 깨어 있다. 활기차고 북적이는 도시의 밤이 주는 즐거움과 고단함이 같이 있다. 나 역시 낮의 퍽퍽한 일상을 보상받고 싶은 마음에 일과가 끝나면 바로 잠들지 않고 야식을 먹으며 넷플릭스를 유영하다 새벽에 잠들었다. 일과 끝에 그냥 자기엔 어딘가 억울하고 아까웠다. 그러나 시골의 밤은 검다. 해 질 무렵이면 가게들은 문을 닫는다. 거리엔 가로등도 드문드문하고 낮에도 길에 사람이 없는데, 저녁에 사람이 보일 리 만무하다. 멀리 개 짖는 소리, 이따금 차 지나가는 소리를 제외하면 고요하다. 하루 종일 울타리처럼 마을을 감싸고 있던 뒷산도 컴컴하게 어둠 아래 잠긴다. 밤이면 반짝이는 도시와 달리 모든 것이 자연의 어둠에 저항 없이 승복하는 시골의 밤이 나는 더 좋다. 밤이 짙어지면 나도 몸을 가만히 말고 고요하게 내 세계 안으로 침잠한다. 깊이 잠들고 알람 없이도 아침 일찍 깬다.

처음부터 사랑이 없었을 리 없다

처음부터 사랑이 없었을 리 없다. 사랑이라고 믿었던 것이 수년 만에 환멸로 끝나고 남은 잔해들을 바라본다. 오직 당신이기를 간절히 바랐던 순간이 분명히 있었다. 당신 말고는 아무도 심장에 두른 철문을 열지 못할 거라고 생각했기 때문에 눈멀었고, 당신을 빼앗기지 않기 위해 다급했고, 당신의 빛 뒤에 드리워졌을 그림자들을 못 본 척했다. 밖에 나가 사회생활을 할 때는 멀쩡하게 기능할 수 있는데 가장 사적인 관계들로 돌아오면 한없이 고장 나버리는 사람들이 있다. 이들은 밖에서는 호인이고, 사교적이고, 꽤 괜찮은 사람일 뿐만 아니라 일도 곧잘 한다. 그러나 가정으로 돌아오면 이들의 사회적 지위는 더 이상 효력을 발휘하지 못한다. 가정에서는 그런 것들이 쓸모가 없다. 때문에 이들은 사회생활에 썼던 자아를 한 꺼풀 벗고 그저 친밀함을 주고받는 상태로 존재해야 하는데 이때 고장 난 부분이 드러난다. 사랑을 주고받을 수 있는 능력이 손상되었기 때문이다.

사랑이 시작되는 초반에는 이런 것들이 뚜렷하게 보이지 않는다. 아직은 사회적 자아를 입은 채로 연인과 결속을 만들어가는 중이기 때문에 한 사람 안의 균열이나 핵심 갈등을 감출 수 있다. 이윽고 관계는 깊어지고, 이 손상된 사랑은 반드시 수면 위에 드러난다. 하지만 이것은 그의 사회적 명망을 무너뜨리지 않은 채 오직 그와 사랑의 관계에 있는 파트너나 자녀들에게만 지속적으로 스며들어 그들의 마음을 병들게 한다.

사랑의 능력이 손상된 것은 무엇으로 드러나는가. 그의 마음은 몸과 함께 존재하지 않는다. 흡사 몸이 없는 사람 같다. 몸 안에 영혼이 깃들어 있을 때라야 우리는 그 사람을 진정으로 온전하게 경험할 수 있다. 그러나 그는 이곳에 있되 여기 몸 안에 있지 않다. 그의 정신은 유려하게 말을 주고받을 수 있기 때문에 사람들은 그가 온전하다고 착각한다. 그러나 아내인 나는 느낄 수 있다. 그의 몸은 없다. 따라서 그가 여태까지 갈고닦았을 사회적 자아로 말을 하기 시작할 때 아내인 나는 그의 영혼을 더듬고 싶어 한다. 그러나 그의 영혼은 사랑이라는 맨몸에 가까운 감정을 감당하지 못하고 지적인 세계로 숨어 있다.

빈껍데기인 몸은 섹스할 수 없다. 섹스는 그에게 곧 위협이고 파괴다. 아직 서로를 잘 알지 못하는 낯선 상태에서는 섹스가 가능했다. 그러나 타인에서 출발한 관계가 친밀한 결속이 시작될 때 그의 정신은 그 결속 안에 간신히 일부가 들어왔지만, 그의 몸은 테두리 밖에 저 멀리 가 있다. 그러니 섹스는 불가능하다. 발기가 불가능한 것이 아니다. 생물학적으로는 아무 문제가 없다. 다만 몸으로 존재할 수가 없다.

몸 안에 깃든 채로 온전히 상대로부터 오는 감정을 받고, 자기에게서 비롯되는 감정을 꺼내 보며 뒤섞이는 것을 할 수 없다. 거기에 엄청난 공포와 두려움이 있다. 그는 자기의 손상을 알지만 거기에 침잠해 있었다. 그 손상이 어떻게 나를 파괴하고 있는지 진심으로 알고자 하지 않았다. 자기 안의 어떤 절멸 혹은 죽음의 경험이 그와 몸을 분열시켰을 것이다. 사람이 자기 몸을 잃는다는 것은 몸을 통해서만 느낄 수 있는 생생함이 고통스럽기 때문일 것이다. 그는 몸을 잃은 동시에 고통을 유보한 자이기도 하며, 저편에서 생생하게 그 고통을 알고 있는 자이기도 하다. 그러니 그의 몸은 한편으로 고통을 담고 있다. 어떻게 해서든 그의 몸을 더듬어 그의 영혼을 만지고 싶어 한 나는 그의 몸을 휘저을수록 손끝에서부터 그의 절멸 같은 죽음에 서서히 물들어갈 수밖에 없다. 섹스리스 부부. 사랑이 식어서 섹스리스였을까? 아니. 식을 만큼 사랑은 제대로 불붙지도 못했다. 사랑이 시작되려는 것에 대한 공포와 회피가 몸을 웅크리고 말아 닫게 만들었다. 나는 그와 함께 침몰했다. 살아 있던 세포들이 고목처럼 말라비틀어지고 내 몸은 바싹 물기가 말라가기 시작했다.

그는 고통이 존재한다는 것은 알았지만, 내가 고통을 호소할 때, 마치 관찰자인 것처럼 팔짱을 끼고 상황을 논평하기를 즐겼고, 심지어 자신의 몸 없음의 원인을 나에게서 찾았다. 괴랄한 논리지만 어떻게든 이해하고 나를 고치고 싶었지만 가능하지 않았다. 원인이 나에게 있지 않았기 때문이다. 백번 양보해 원인이 그에게만 있는 것은 아니라 해도 우리 사이에 발생하고 있는 그 단절을 해결하려면 당사자인 두 사람이 필요했다.

모든 섹스리스를 한 가지 이유로 설명할 수 없다. 나에게 섹스리스는 그의 부재, 조각난 그의 영혼과 몸의 부재를 생생히 체험하는 일이었다. 관계가 지속되려면 적어도 같은 링 위에는 서 있어야 한다. 그래야 치고받고 싸우든, 부둥켜안고 울든, 서로를 응시하든 등을 돌리든 할 것이 아닌가. 그러나 그는 링 위에 없었다. 부디 링 위에서 나를 마주해 달라고 애원을 해도 그는 자기 몸조차 찾을 수 없었기에 링으로 걸어 올라올 수는 더더욱 없었다.

결혼 초반에는 그가 몸을 되찾을 수 있을 거라고 기대했다. 나의 사랑이면 아마도 쉽게 돌아올 수 있을 거라고, 그렇게 나는 나 자신을 과대평가했고, 동시에 그를 과소평가했다. 그러나 그는 자기의 몸을 되찾기보다 차라리 영영 잃기를 택한 것처럼 보였다. 대신 그의 정신은 더욱 견고해져서 그의 언어가 자기를 대변하는 듯했다. 몸은 없고 말만 남은 자와 언어의 세계가 닿지 못하는 감정을 나누고 싶어 하는 자의 대결이란 씁쓸할 수밖에 없다.

그런 폐허 같은 자리에서 몇 년의 시간을 보냈다.

비옥해질 리 없는 땅에 서서 이것이 내 숙명임을 받아들이고 그래도 평생을 살아볼까. 그것도 가치 있을까. 그의 몸 없음을 버티며, 그의 몸의 부재를 내가 채워가며 결혼의 맹세를 지켜 살아낼까. 어쩌면 그것이 내 사랑일 수 있지 않을까. 이것을 박차고 나가도 다른 땅이 과연 있을까. 더 모진 땅으로 가게 되는 것은 아닐까. 나를 위한다는 게 뭘까. 혼자 힘으로 벌어서 먹고살고 아이를 책임질 수나 있을까. 나약하고, 체력도 약하고, 돈도 제대로 벌지 못하는데. 고통의 한가운데는 견디기엔 막막하고 벗어나기엔 암담한 자리다.

기회

이혼하자고 말한 뒤에도 내 마음속에는 기다림이 있었다.

너에게 상처를 줘서 미안하다. 너를 외롭게 해서 미안하다. 이제부터 내가 잘할 테니 헤어지지 말고 우리 다시 잘해 보자.

법원에 가는 그날까지도 상대가 이렇게 말해 준다면 나는 모든 날 선 감정을 내려놓고 다시 손을 맞잡을 마음이 있었다. 희망을 갖고 싶었으니까. 내가 바랐던 것은 화려한 말이 아니었다. 솔직하고 진심 어린 말. 자기를 내려놓고 나를 어루만져주는 다정한 한마디. 아무 지식도 미사여구도 필요 없는, 그러나 용기 있는 사람만이 할 수 있는 말. 이혼의 절차를 밟는 중에도 내 마음은 언제고 저 말을 듣기를 바랐다. 나에게 필요한 것은 오직 저 말을 할 수 있는 순정한 마음을 확인하는 것이었다. 그 말 한마디면, 나는 안도의 숨을 뱉으며 오래 참았던 눈물을 다 흘리고는 기꺼이 그의 손을 다시 잡았을 텐데. 그러나 그는 끝끝내 내가 듣고 싶었던 말을 내뱉지 않았다.

오히려 그는 나와 계속 겨루었다. 한국 사회에서 이혼해서 너도 이로울 게 없을 텐데 그냥 혼인 관계를 유지하는 게 어때? 차라리 필요하면 바람을 피워. 그 말을 주고받던 카페에서 내 인생 처음으로 '씨발'이라는 단어를 입 밖에 내었다. 그 순간까지도 상대의 진심을 고대하고 있는 나는 얼마나 순진한가.

나는 존엄을 지키고 싶었다. 동시에 나의 존엄은 상대가 지켜주지 않는다는 것을 깨달았다. 그런 자에게 나의 존엄을 의탁해서는 안 된다. 내 존엄은 오로지 나에게서 비롯된 행동을 통해서만 지킬 수 있다. 사랑의 빛났던 순간, 지리멸렬했던 순간, 슬픔, 분노,

안타까움, 애잔함, 씁쓸함이 한데 뒤섞인 채 이어 붙여진 도자기 같은 회복을 바란 적도 있다. 하지만 이제는 없다는 것을 확실히 안다. 내가 꿈꾸던 단란하고 화목한 정상 가정은 끝났다. 쥘 수 없는 것을 쥐겠다고 비루해지지 않는 것이 나한테는 선택이었다.

이기고 지는 싸움

부부는 이기고 지는 관계가 아니어야 할 것 같은데 나는 그와 계속 이기고 지는 승부가 있는 결투를 하는 기분이었다. 아이를 돌보는 시간으로 협상을 한다 치면 나는 그가 아이를 일정 시간 맡아야 하는 이유를 설득력 있게 준비해야 하고, 상대의 반격에 대비할 카드들도 준비해야 했다. 쉽게 이루어지는 게 없었기 때문이다. 협상이 성공하면 내가 이긴 기분이었고, 협상이 받아들여지지 않으면 더러운 패배감이 남았다. 왜 자존심이 상하고, 졌다는 느낌이 들고, 무언가를 뺏긴 기분이 들고, 불공평한 느낌에서 헤어 나올 수 없는지. 이렇게 계산기를 두드려가며 무엇이 더 공평한지 끊임없이 사안마다 조율해야 한다는 사실이 시간이 갈수록 화가 났다. 사랑이 겨루기일 수 있다면 그

건 적어도 계산기를 두드려 손해 보지 않으려는 승부가 아니라 서로 너를 위해 나를 더 내어놓겠다는 실랑이여야 하지 않을까.

그가 전적으로 경제력을 책임지고 있었기 때문에 가사 노동과 육아는 내 몫이었지만, 그렇기 때문에 나의 직업적 기회는 점점 더 박탈되어 나는 경제적으로 더 무능해질 수밖에 없었다. 부부 사이 경제력의 공평함이란 일단 가사 노동과 육아 및 가시화되지 않는 각종 집안 대소사 및 가족과 얽힌 여러 관계를 조율하는 데 드는 감정노동이 적절하게 분담되고, 그래서 여자인 나도 동일한 노동 기회가 생기고, 그리고 성별 임금 격차까지 감안한 다음에야 꺼내 들 수 있는 주제 아닐까.

진지하게 내가 말을 꺼내면 그는 '평등주의자'인 척했지만 내심 돈을 벌어 오는데 가사와 양육을 분담하다니 억울하다고 생각했고, 그런 안일한 생각은 어쩔 수 없이 나오는 행동에, 무심코 내뱉는 말에 스며 나왔다. 이 공평한 분담 승부 내기가 아이를 가운데 두고 벌어진다는 사실이 괴로웠다. 내 아이지만 당신의 아이기도 한데 어째서 아이를 돌보는 일을 안 하기 위해 애쓰고, 아이보다 일을 택하는지. 수많은 가정의 여성이 분노했을 그 지점에서 나도 어김없이 걸려 넘어졌다.

검열

지면을 가진다는 것도 일종의 권력이 아닐까. 이혼은 최소한 두 사람 혹은 그 이상이 관여하는 일인데 내 경험을 쓴다는 것이 혹시라도 상대의 경험을 지우는 일일까 조심스럽다. 그는 나보다 훨씬 다양한 사회적 발언 기회를 가진 것 같은데 실명도 아니고 필명에 숨어 이 글을 쓰는 주제에 쓸데없는 걱정인 것 같기도 하다. 이전에 지면에 영혼이 죽어가는 것 같은 결혼생활에 관해 쓴 적이 있다. 글을 발표하고 나서 여태껏 마음을 졸이고 있다. 내 감정에 솔직하게 쓴다는 것이 그 자체로 상대를 할퀼 수도 있다. 마음속에서 일어나는 이 검열적 태도가 괴롭다.

여성이 이혼할 경우 경제적 위기를 맞이하고 양육

의 무게를 짊어지는 일이 많다. 혹은 그 위험 때문에 관계의 괴로움이나 폭력에 노출되면서도 이혼을 못 한다는 사실을 우리 모두 익히 안다. 이런 실태 속에서 내 경제적 상황은 많이 흔들리지 않았다. 그는 약속한 대로 양육비를 보내고 있고 이혼과 동시에 나도 본격적으로 일하면서 돈을 벌 수 있었기 때문이다. 이혼으로 사회 경제적 기반이 크게 달라지지 않은 채로 내 지난 결혼 생활은 이러저러해서 힘들었다고 말하는 것이 지나치게 배부른 소리일 것이며 재수 없을 것이라는 생각 또한 나를 괴롭힌다. 하지만 내가 가진 위치와 한계를 알면서도 내가 쓸 수 있는 글을 쓰는 수밖에 없다.

전남편이 나에게 위협적으로 화를 냈을 때 나는 바로 짐을 싸서 아이를 데리고 본가에 갔었다. 엄마는 왜 왔는지 물었다. 그가 이렇게 소리를 질렀다고 했더니 엄마는 기가 찬 한숨을 뱉었다. 고작 그런 일로 왔냐고. 남들은 그 정도는 아무렇지도 않게 참고 산다고. 그보다 더한 것들도 다들 참고 산다고. 엄마도 그런 것 무수하게 참고 살았다고. 지금도 참고 살고 있다고. 엄마가 보기에 나는 엄살을 부리고 있는 것이며 남편이 누가 봐도 지랄 맞다고 할 정도로 개차반이 아니면 그냥 꼬박꼬박 갖다 주는 생활비 받으며 결혼을 유지하라고 그 한숨이 말했다. 누가 봐도 이혼할 만한 삶과 그 정도면 참고 살아야 할 삶이 따로 나누어져 있는 것 같다. 남편의 폭력이 없었다고 해서, 상대가 바람을 피우거나 도박을 하거나 빚을 잔뜩 지워 가정 경제를 파탄 내지 않았다고 해서 나의 존엄이 무사했다고 할 수 없다. 그런 것들이 없는 삶이 행복이라고 단정 지을 수 없다.

이혼 과정에서 사람들과 대화하는 것이 대체로 피곤했고, 대화 끝에 많은 이들을 마음속에서 제명했다. 사람들은 본인이 납득할 수 있는 이혼 사유를 원했고, 나는 그들의 기대에 맞춰 설명할 수 없었다. 대부분의 고통은 말할 수 없는 영역에서 왔기 때문에 비언어를 언어로 치환해 경험을 둔탁하게 깎아내는 일이 고단했다. 나중에는 안부만 물어 와도 짜증이 났다. 잘 지내냐는 물음에 어떻게 대답을 해야 할지 난감했다. 잘 지낸다고 대답하면 나를 배신하는 것이고 잘 못 지낸다고 하면 상대를 괴롭히는 일이 되니까.

이혼을 통과하는 과정은 내면에서 무언가가 갈려 나가는 소모전인데 가까운 이들로부터 지지받지 못할까 봐 계속 이 이혼이 얼마나 합당한지 설명하려 애썼다. 혼자 있는 시간에 최대한 설득력 있게 이혼을 설명하기 위해 마음속으로 스토리를 정리하고, 항목을 나눠서 무엇이 문제인지 논리적으로 다듬었다. 그러다 어느 날 멈췄다. 나는 이 이혼을 설명할 의무가 없다. 이혼의 명분을 선명하게 하려고 상대를 계속 나쁜 사람으로 묘사할 필요도 없다. 증오를 유지할 의무가 없다. 나는 증오와 환멸 속에서 살고 싶지 않다. 그가 최악의 인간이 아니더라도 나는 그를 떠나도 된다. 그리고 비록 내 처지가 최악이 아니더라도 나는 내 경험을 말해도 된다.

검은 봉지

어떻게 받아들이고 사나요. 눈물, 애원, 협박, 화, 설득 무엇으로도 바뀌지 않는 것들을 어떻게 받아들이고 사나요. 매일 반복되고 볼 때마다 마음에서 조금씩 꺼져 내려가는 것을 어떻게 버티고 사나요. 너무 사소해서 입 밖으로 내기 민망한 일들에 매일 무너지고 있다는 것을 어떻게 감추고 사나요. 아무리 말해도 끝내 고쳐지지 않고 빨래통 속 뒤집힌 양말 같은 사소한 일상을 어떻게 버티고 사나요. 나는요, 백 번은 그 양말을 뒤집어 빨았는데 백한 번째엔 빨래통을 엎어버렸어요. 지긋지긋해서 더는 못 해먹겠더라고요. 더한 건 상대가 양말을 거꾸로 벗을 수밖에 없는 필연적 이유를 세 시간은 설명할 수 있는 사람이란 거예요. 혹은 양말을 바르게 벗어야 빨래하기 수월하다는 것에 너무나 적극적으로 공감하며 자기는 알 건 다 아는 사람이라고 말한다는 거예요. 그렇지만 내일의 빨래통엔 또다시 거꾸로 돌돌 말린 양말이 담겨 나오는 그런 하루를 나는 맞이해요. 수많은 대화와 애씀이 그렇게 빨래통에 거꾸로 처박혀 있는 것을 매일 다시 마주해요. 처음엔 양말을 제대로 벗는 방법을 모르는 것 같아서 조심스럽게 자존심 상하지 않게 물어봤어요. 혹시, 양말 바르게 벗는 방법 알아? 그다음엔 나긋하게 웃으면서 부탁했죠. 여보, 양말 벗을 때 한 번 더 신경 써서 바르게 벗어줘. 내가 계속 노력하면 양말 벗기 정도는 제대로 될 거라고 기대했어요.

그렇게 백 번은 기다려봤는데 어느 순간 알게 되는 거죠. 아, 이건 앞으로도 절대 바뀌지 않을 거구나. 너는 내가 매번 그 거꾸로 양말을 보면서 열이 뻗치고 짜증 난다고 말해도 내가 불쾌하지 않도록 조금도 너의 행동을 수정할 생각이 없구나. 뼛속 깊이 하던 대로 하면서 살고 싶구나. 애초에 동의하는 척했지만 동의하지 않았고 내가 말한 것을 듣고 있지 않았구나. 너의 의식에 내가 없구나. 이걸 거듭 확인하게 되는 순간이 와요. 그러면 나는 이제 알아요. 이 거꾸로 양말을 평생 묵묵히 뒤집으며 살아갈까, 아니면 거꾸로 양말을 그대로 빨아서 대충 줄까. 아니면 나도 빨래 따위 하지 말까. 그 어떤 것도 마음에 들지 않아요. 나는 참으면서 살아가기엔 일상의 작은 기쁨들을 더 많이 느끼고 싶고요, 빨래통을 볼 때마다 속이 뒤집히고 싶지 않고요, 빨래하는 일에 아무 감정이 없고 싶고요, 나를 그런 식으로 대하는 당신 꼴이 보기 싫어요. 그래서 빨래통을 뒤집어버렸어요. 평생 너 양말은 거꾸로 빨든지 말든지.

숨이 콱 막힐 때 어느새 슬그머니 검은 봉지가 가슴속에서 살랑살랑 나오더라고요. 반가웠어요. 잽싸게 저 거꾸로 양말 같은 것들을 검은 봉지에 담고 꽉 묶었어요. 마음에 묶은 검은 봉지들은 따로 받아주는 곳이 없었어요. 그래서 숨이 막힐 때마다 자꾸만 그것을 토하듯 봉지에 뱉어서 묶었어요. 묶어서 차곡차곡 쌓았어요. 검은 봉지들은 내 혈관을 돌면서 어딘가 염증을 일으키고 몸살을 부르고 통증을 부르고 종양을 부르고 눈물을 부르고 악몽을 부르고 요란하게 존재했어요. 검은 봉지가 늘어나서 몸은 꽉 막히는데 또 가슴은 희한하게도 텅 비었어요. 텅 비어서 밑도 끝도 없는 구멍 사이로 바람이 드나들어 휑했어요. 그 구멍 사이로 거꾸로 양말들이 빠지고 또 빠지고. 이젠 그 검은 봉지들을 저승사자의 장대낫으로 다 작살내고 싶어요. 모조리 봉지를 찢어서 그 안에 뭐가 들었든 타작해서 싹 갖다 버리고 싶어요. 검은 봉지엔 그저 바람이나 담아서 멀리멀리 띄워 보내고 싶어요. 답답한 숨을 가둬두면 숨 쉬기 나을 줄 알았는데 아니더라고요. 숨은 아무 봉지에도 담지 않고 그저 바람에 뱉어내는 게 좋아요. 내뱉은 만큼 새 숨을 들이마시면서 계속해서 새로운 공기가 몸에 들어오도록 허락하면서요.

결혼에 이르게 했던 힘

이혼에 관해 이야기하고 있지만 결혼에 이르게 했던 힘도 강력했다. 그를 만나 그와 대화하면서 이 사람하고는 무엇이든 나눌 수 있을 것 같고, 내가 굳게 닫았던 마음의 문을 가장 안쪽까지 열고 들어온다고 느꼈다. 다시 한번 사랑을 믿을 용기를 냈을 때 나는 결혼을 결심했고, 그 결혼으로 무언가를 잃는다고 해도 무섭지 않았다. 결정은 단호했고, 일사천리로 결혼은 성사되었다.

그와 결혼하고 재빨리 혼인신고부터 했다. 누구도 우리의 법적 결속을 무효화하지 못하도록. 그때의 절박함과, 드디어 법적으로 이 사람을 내가 점유했다는 안도감은 꽤 좋았다. 오랫동안 짝짓기 시장에서 불안하게 떠돌다가 드디어 의심할 여지 없는 내 자리에 깃

발을 꽂은 기분, 이대로 죽을 때까지 이 자리를 잘 가꾸면 되고 그걸 잘할 수 있을 거라고 생각했다.

몇 번이고 다시 그때로 돌아간다면 결혼으로 달려가던 나를 말려야 한다고 그동안 생각했었는데, 이렇게 글을 쓰며 생각해 보자니 그와 결혼하고자 했던 나의 간절함도 만만치 않게 소중했던 것 같다. 이전까지의 사랑이 나에게 준 상처를 이 결혼을 통해 회복할 수 있을 거라는 기대가 나를 결혼까지 이르게 했고, 마찬가지로 이 결혼이 나에게 주고 있는 상처를 이 안에서 회복할 수 없고, 아마도 여기 아닌 어딘가 다른 바깥에, 다른 누군가를 통해 회복할 것이라는 기대가 이혼을 하게 했다. 여기 아닌 다른 곳에 희망이 있을 거라는 기대가 없다면 과연 이혼을 선택할 수 있었을까?

부드럽고 따뜻한 사람을 보았다. 그 사람은 나를 유혹하지도 않았고, 나한테만 특별히 다정하지도 않았다. 그저 품성이 그렇게 따뜻한 사람을 목격했다고 하는 게 더 맞다. 그 사람을 목격하면서 나는 걷잡을 수 없는 소용돌이에 빠졌다. 애써 부정하고 싶었던 것. 이 결혼에 빠져 있던 것. 내가 그리워하던 것. 그 친밀한 연결감을 원하는 나를 최선을 다해 부정하고 있었다는 것을 어떤 부드러운 성품을 가진 사람을 맞닥뜨렸을 때 깨달았다. 원래 각박한 상태에 있는 사람은 자기 환경에 익숙해지면 자기한테 무엇이 없는지도 모른 채 적응을 해서 살아간다. 그러다 문득 누군가 따뜻한 마음으로 차를 한 잔 건네면 그제야 내가 누구에게도 이렇게 따뜻한 대접을 받아 본 적이 없다는 사실을 불현듯 깨달으며 눈물을 쏟는 법이다.

그날 밤 나는 잠들 수 없었다. 더는 외면할 수 없는 소용돌이가 내 한가운데를 관통해 지나갔다. 심지어 나를 향한 것도 아닌 그저 따뜻한 불씨 하나를 보고 나의 서걱거리는 메마름을 자각한다는 사실에 자존심이 상했다. 내 내면이 그만큼 허기졌다는 것이 수치스러웠다.

이곳이 아닌 저곳에, 무언가 다른 것이 있을 거라는 희망이 결혼을 하게 했고, 이혼을 하게 했다. 나의 온전한 행복, 누군가를 통해서 무언가를 채우거나 무언가를 제거할 수 있을 거라는 희망이 관계를 시작하게 하고 떠나게 했다. 수많은 비용을 치르면서.

이혼 후에는 내가 결혼에서 갖지 못했던 것을 채우기 위해 사람을 만나려고 애를 썼다. 새로운 사람을 만나 무언가를 채울 수 있다는 기대가 여전히 있었고, 어쩌면 나에게 증명하고 싶었던 것 같다. 나는 하필 당신을 만나 실패했을 뿐이라고. 하지만 이혼 후에 아이를 키우는 입장에서 새로운 사람을 만난다는 것은 많은 제약이 따랐고, 진지하지 않았다. 사람들은 쉽게 다가왔다 쉽게 떠나갔다. 탐색의 시간이 지나서야 나는 비로소 누구도 필요하지 않은 상태가 되었다. 누군가를 통해 채울 필요가 없는 상태. 내 자신이 결핍되어 있다고 느끼지 않는 상태. 타인이 부럽지 않은 상태. 그 고요한 안정감이 내가 찾던 있을 자리였다.

나라고 뭐 그렇게

관계의 지금은 지난 역사를 고스란히 담고 있다. 한 사람의 선택 안에는 지난 사랑에 대한 회한과 다짐, 회피, 희망이 다 포함되어 있다. 내가 상대를 선택했던 과정을 돌아보면 그 밑바탕에는 충동과 천박한 계산이 있다. 결국 내가 원하는 것을 나에게 줄 수 있을 것 같은 사람을 골라왔다. 경제적 안정, 학벌, 외모와 같이 노골적인 것도 있었고, 절대적인 이해, 나를 떠나지 않는다는 보장, 나를 욕망해 주는 것, 깊은 대화, 정치적 동지, 외로움을 채워 주기와 같은 좀 더 은밀한 것도 있었다.

내 계산속에서는 이런 것 중 하나 이상을 상대로부터 얻고 싶었고, 잃는 것보다는 얻는 것이 더 많기를 바랐다. 바라는 것을 얻는 대가로 내가 무엇을 내어 줄지에 대해서는 얻고 싶은 것을 욕망하는 것만큼 공들여 생각하지 않았다. 무턱대고 나는 상대에게 좋은 사람일 수 있다고 자신했던 것 같다. 그러니 상대만 나에게 해를 끼치지 않으면 된다. 애초부터 이득을 볼 생각으로 두드리는 오만하기 짝이 없는 계산기를 들고 나는 사랑의 관계에 뛰어들었다. 멋지고 정의로운 사람이 되고 싶지만 어쩔 수 없이 이게 나다. 그러니 나는 그런 내 천박함을 마주한 채 쓴다. 결혼에 이르게 했던 열망과 이혼을 향해 달려가던 절망이 같은 종류라는 것을 깨닫고 나니 고상하게 머무를 수 없다. 살면서 그 열망과 절망의 리듬을 몇 번이나 반복했던가.

관계를 두고 '최선을 다했고, 끝이다, 더 이상 나아질 수 없다'라고 하는 분기점이 정말 존재할까. 그것이 명확할까? 그 당시에 나는 명확했다. 하지만 시간이 지나면서 어떤 것들은 그 분기점을 넘어서도 계속 지속된다. 최악이라고 생각했던 사람도 그 시기의 극단적 감정으로 인해 서로 비틀려져 있기 때문일 뿐이지 그도 나도 남들에게는 좋은 사람일 수 있다. 나한테 최악인 인간이 언제나 최악은 아니며, 그 시기에 최악이라고 해서 영원히 최악이라는 법도 없다. 그가 나한테 최악인 동안 나라고 뭐 그렇게 그에게 최선일까.

내가 풀지 못한 숙제는 잊지 않고 나를 따라온다.

둘이서 셋의 자리를 채우며

아이에겐 아빠가 없고 나에겐 남편이 없다. 그는 존재하기는 하지만 우리의 일상에는 없다. 결혼 생활을 하는 동안도 비슷했다. 그는 있되 없는 사람처럼 우리 사이에 부유하듯 있었다. 이혼 이후에는 좀 더 확실하게 없다. 약속된 날에 아이를 만나고, 양육비를 보내는 것으로 그는 존재한다.

아이는 이제 청소년기로 접어들고 있다. 아이 키우기가 쉬웠던 순간은 본래 없지만, 계절마다 쑥쑥 자라는 아이의 부모 노릇은 갈수록 더 어렵다. 세상을 향해 주먹을 날리는 아이에게 탄탄한 땅이 되어 버텨 주고 싶은데 힘이 달릴 때가 있다. 엄마 역할과 아빠 역할을 나 혼자 다 해내야 할 때도 어렵다. 중요한 문제들을 누군가와 상의하고 싶지만 혼자 고민하고 결정해서 행동해야 할 때도 자주 있다. 최선을 다해도 아이로부터 원망과 미움을 사는 일을 피할 수 없는데, 그럴 때 작아진 나는 조금 외롭다. 아빠가 고픈 아이의 마음을 느낄 때는 가슴 깊은 곳이 시큰해진다. 어느 순간부터 아빠가 일상에서 사라진 아이의 삶을 나는 온전히 다 헤아리지 못한다는 사실을 깨달을 때마다 무거운 책임감을 느낀다. 내가 잘 살았더라면 아이가 겪지 않아도 되었을 고통을 나 때문에 겪고 있을 것이라는 생각과 함께 따라오는 죄책감을 완전히 덜어낼 수는 없다. 하지만 그 지경으로 결혼 생활을 유지하면서 얼어붙어 가는 공기 속에 사는 것이 더 나은 고통이라고 할 수 없었다는 것으로 자책을 조금은 줄여본다.

이혼가정이라는 이유로 아이가 차별이나 편견의 대상이 될까 봐 마음이 쓰이는 것도 어쩔 수 없다. 혹시 친구들과 다툼이 생기거나 학교생활에 문제가 생기면 부모가 이혼한 탓이라고 할까 봐, 아이가 중년 이상의 남성들에게 적대적인 태도를 보일 때에도 이혼의 영향인가 싶어서, 엄마 아빠가 헤어진 것을 보고 아이가 커서 연애를 할 때도 사랑에 회의적인 사람이 될까 봐, 내가 아이와 너무 밀착되어 아이의 세상을 침범할까 봐, 엄마의 시선으로 아빠를 평가할까 봐, 그래서 영원히 아빠를 미워할까 봐,

두렵다.

내가 그에게 가졌던 미움을 완전히 감출 수 없고, 있는 대로 드러내서도 안 된다. 아이가 아빠를 사랑하는 데 독이 될까 봐 내 미움은 내가 잘 삼키려고 노력했다. 그래도 완벽하진 못했을 테니까 조금은 흙탕물이 아이에게 튀었겠지? 조금이었기를, 비록 내 세계에서 그는 희미하게 사라졌지만 아이의 세계에서는 그가 살아 있기를 진심으로 바란다.

두려워하는 일들이 아무것도 일어나지 않기를 바랄 수는 없다. 이혼가정이 비이혼가정과 똑같은 경험을 할 수는 없다. 아이와 나는 지금 이런 시간을 살고 있고, 이런 삶을 기꺼이 살아내는 것만이 우리가 할 수 있는 일이다.

혼자

이십 대엔 쉬지 않고 연애를 했다. 성인이 되고 얼마 안 되어 첫 연애를 했고, 반년 만에 헤어졌다. 내 감정에 충실한 법을 몰랐기 때문에 그 관계는 생명이 짧았다. 스물한 살 무렵부터 스물셋까지 두 번째 연애를 했고 이번엔 상대가 자기감정을 몰랐다. 하지만 나의 확신과 고집으로 그 관계는 근근이 2년 반을 버텼다. K를 만난 건 스물세 살이었고 헤어진 건 스물아홉 살이었다. 나도, 상대도 이번엔 자신에게 충실할 수 있었던 덕에 나는 사랑을 믿었다. 끝나지 않을 것이라 믿었던 연애였지만 끝이 있었다. 놀랍게도. 놀랍지도 않게.

스물아홉에서 서른으로 넘어가면서 한 명, 서른에서 서른한 살로 넘어가며 또 한 명을 만났다. 지금 생각하면 K와의 이별을 받아들이지 않은 채 관계의 변주 속에 있었던 것 같다. 이 중 몇은 나를 가차 없이 버렸고, 또 몇은 내가 가차 없이 버렸다. 그렇게 서로에게 상처 주며 이십 대를 지나 서른한 살에 만난 이와 결혼했고 서른아홉에 이혼했다. 꼬박 이십 년 동안 거의 공백 없이 누군가와 연결되어 있고자 했다니 부끄럽다.

줄곧 관계 속에 있었지만 내 마음은 스물아홉, K와 헤어진 시점에 멈춘 채 아주 오랫동안 혼자였다. K와의 연애가 첫 연애나 다름없었다. 내가 없으면 안 될 것처럼 열렬하던 K는 어느 순간 나에게 싫증을 냈다. 누구와도 대체될 수 없을 것 같이 확신에 차 있던 사랑도 한순간에 하찮게 버려질 수 있다는 것을 경험했다. 심장 밖으로 몇 겹의 두꺼운 철문이 생겨났다. 사랑의 맹세에 코웃음 쳤다. 그 이후의 연애는 겉가죽의 연애였다. 그들을 철문 안으로 들이지 않았다. 그들은 철문 밖에서 나를 만났지만 나를 가졌다고 착각했다.

그러다 철문을 열고 들어오는 사람을 만났다. 아니, 정확히는 그를 만나며 내가 철문을 열고 있었다고 하는 게 맞다. 그는 철문을 열 재주까지 있지 않았지만, 내가 그를 보고 희망을 가졌고, 철문을 열고 싶었던 것이다. 그렇게 우리는 결혼했다. 내가 무너진 마음에 다시 한번 희망을 가졌던 것처럼 그도 한 번쯤 '다시' 하고 희망을 가졌던 것이 아닐까. 그러나 결국 우리는 서로에게 허위매물이었던 것이다. 희망을 얻기는커녕 허탈함과 실패감을 남기는 그런 대상.

그럼에도 결혼이 남긴 귀중한 것이 있다. 사회가 요구하는 정상성에 있는 힘껏 가 닿아보았다는 경험, 혼자 힘으로는 훨씬 어려웠을 경제적 안정감을 누린 경험, 태어날 때부터 주어진 관계 말고 내 힘으로 가족을 구성해 본 경험, 나와 전혀 다른 가족문화를 가진 사람들에 대한 경험, 인생의 한 시기에 타인을 내 삶으로 온전히 받아들이겠다는 결심을 해본 경험, 그리고 무엇과도 바꿀 수 없는 아이. 아이를 낳고 엄마가 된 것. 모든 고통스러웠던 감정을 다시 겪는다고 해도 지금의 아이를 만나기 위해서라면 기꺼이 그 경험을 감수할 수 있다. 아이의 존재는 그런 감정들을 넘어선다.

한편, 이혼이 남긴 것 중에 폐허만 있는 것은 아니

다. 아이가 있는 상태에서 결혼제도를 거스른다는 건 무거운 결정이다. 이혼의 결과를 나뿐만 아니라 선택권이 없는 아이가 같이 감당해야 하기 때문에 죄책감을 안고 시작할 수밖에 없고, 주 양육자는 경제적으로 안정감을 확보하기 어려운 경우가 대부분이기 때문에 현실적인 어려움이 산적해 있다. 그럼에도 불구하고 이혼을 향해 나아간다는 것은 더 이상은 혼인 관계 안에서 벌어지는 모멸감을 참지 않겠다는 선언이다. 선언에는 자기 인식이 바탕이 된다.

지금 무슨 일이 벌어지고 있는가,
그것을 통해 나는 무엇을 경험하는가,
이 경험이 나에게 무엇을 의미하는가.

처음에는 혼란, 그리고 이윽고 분노,
휘몰아치고 뜨겁게 뒤통수를 달구고, 뒷목을 뻐근하게 하고 온몸의 피가 빨리 돌게,
치욕, 모욕.
욕됨을 뒤집어쓰고
그리고 슬픔이 몰려온다. 고통스러운 슬픔.

슬픔과 동시에 아무에게도 말할 수 없다는 비밀스러운 수치감이 입을 봉한다.

혼자 운다.

아이가 보지 않는 곳에서 비로소 운다.

아무도 보지 않는 곳에서 미친년처럼 머리를 풀어헤친 채 울다가

정해진 시간이 되면 눈물을 슥슥 닦고는 아이를 맞이하러 다시 간다.

아이를 맡길 수 없는 시절에는 울지 않았다.

분노와 슬픔과 수치감이 한바탕 휩쓸고 가면 혀끝에

모멸, 경멸, 환멸이 나란히 올라앉아 있다.

언제라도 혀 밖으로 내뱉을 말들이 도사리고 있다.

아이 앞에서 그 '멸'들을 입 다물고 삼킨 채 묵묵히 설거지를 했다.

구정물과 함께 씻겨 내려가길 바라면서.

그러나 그 멸들은 다음 설거지 시간이 되면 또 채워졌다.

혀끝에 감춘 멸들은 다시 내 혈관에 녹아들어 온몸으로 가서

염증이, 만성피로가, 두통이, 불면이, 체중 감소가, 우울이, 종양이 되었다.

관계를 위해 할 수 있는 모든 노력을 다 했다고 생각했을 때, 그러고도 상황이 바뀌지 않는다는 것을 깨달았을 때 내가 끝에 도착했다는 것을 알았다. 끝의 자리는 감정이 몰려왔다가 결국은 떠나가는 자리다. 물러설 곳이 없으면 담대해지는 것이 사람의 마음. 나는 그 끝에 서서 저 욕들과 멸들이 몰려왔다 밀려가고, 감출 수 없는 울음이 치밀어 나왔다가 마르는 것을 보았다. 어떤 울음은 다 울어야 끝이 난다. 그렇게 감정이 쓸려 간 뒤에 남는 것이 있었다.

내 존엄이 군데군데 침식되고 있었고, 그런 나의 존엄을 회복하는 일은 이렇게 파도처럼 몰아치는 감정의 바다에서 나를 데리고 나가는 방법뿐이었다. 관계의 끝에 서서 명징하게 그것을 바라보는 일은 개운했다. 아무도 나에게 확신을 주지 못했지만, 나는 나를 구할 방법을 알 수 있었다. 남들이 생각하는 적당한 방법이 아니라 내가 생각한 방법으로 나를 구하겠다고 결심했을 때 내 안의 단단한 뼈대를 느꼈다. 그 심지가 땅속 깊이 연결되어 나를 세워주는 것 같았다. 그토록 세상에 기댈 곳을 찾았는데, 나에게 위안을 줄 곳을 찾았는데 가장 세상 끝에서 나를 구해주는 게 나라니.

별거를 시작하고 법적으로 이혼하고, 부모에게 알리고, 아이에게 상황을 설명하고, 지인들에게 알리고, 양육비를 협상하는 일련의 과정을 2~3년에 걸쳐 천천히 진행했다. 그동안 나의 심지는 나를 든든하게 붙들어주었다. 결정이 명료했기 때문에 과정이 지난한 것을 버틸 수 있었고, 이혼 절차를 밟는 동안 내 결정에 더 확신을 가질 수 있었다. 이혼의 여러 과정이 마무리되고 3년 정도 지난 어느 날 문득 평온함을 느꼈다. 결속에서 떨어져 나와 나로서 온전하다는 느낌이 차올랐다. 길 가다 커플이나 부부를 봐도 아무렇지 않았다. 상대적 결핍을 느끼지 않았고, 부럽다거나 밉지도 않았다. 혼자 있을 때 만족스러웠다. 누군가가 내 곁에 없다는 것이 의식되지 않았고, 나를 사랑해줄 누군가가 필요하지 않았다. 필요하지 않다! 그것을 인식한 순간 얼마나 자유롭던지.

20년을 주야장천 누군가와 관계를 맺었고, 헤어지고 몇 달이 지나지 않아 다른 사람과 연애를 했었고, 나는 누군가를 항상 필요로 한다는 사실이 수치스러웠는데. 내 의존성을 내가 컨트롤할 수 없다는 것이 너무 무력하게 느껴졌었는데 더 이상 누구에게도 휩쓸려 가지 않고 나를 지킬 수 있다니 비로소 내 힘으로 땅에 발을 딛고 선 느낌이 들었다. 누군가를 필요로 하지 않는다는 그 해방감이야말로 내가 진정으로 도달하고 싶었던 자리 중 하나였다.

존엄과 복수

시골에 오고부터 기상 알람을 잘 맞추지 않는다. 대체로 여섯 시부터 일곱 시 사이에 저절로 눈이 떠진다. 그때 아직 못 깨었더라도 괜찮다. 일곱 시가 조금 넘으면 이장님이 아침 방송을 하기 때문에 어제 시금치 경매 최대가, 최저가 및 평균값을 들으며 일어날 수 있다. 그때 그 집 말고 여기 이 집에서 오늘 아침에도 눈을 뜬다는 사실에 개운하다. 이 집에는 그가 없다.

기지개를 켜고 일어나서 창문을 열고 햇살을 집 안으로 들인다. 밤사이 묵은 채 잠들어 있던 집 안의 공기를 휘저으며 집을 한 바퀴 돌아본다. 어린이가 등교를 하지 않을 때는 아침이 여유롭다. 따뜻한 차 한 잔을 들고 마당에 나가 아침을 바라본다. 등교와 출근이 같이 있는 날은 자연을 느낄 정신이 없다. 숨 가쁘게 아침을 차려 아이를 먹이고 더 늦으면 지각한다며 채근해서 겨우 학교로 보내고 재택근무를 하는 나도 책상에 앉는다. 재택이 가능한 일을 하는 덕분에 시골로 오는 결정을 내릴 수 있었다.

퇴근하는 시간이면 아이도 하교한다. 사춘기에 접어든 아이는 하교하면 방에 틀어박혀 자기만의 시간을 보낸다. 간식을 챙겨 주고 나는 낮잠을 자거나, 바다 산책을 나간다. 빠듯하게 일한 날은 그제서야 늦은 점심을 차려 먹으며 드라마를 보기도 한다. 일주일에 한 번 정도는 차로 삼십 분 걸리는 읍내로 장을 보러 나간다. 마을에 있는 마트에는 없는 게 너무 많아서 한계가 있다. 식당이 몇 군데 있긴 한데 툭하면 문을 닫기 때문에 원하는 시간에 밥을 사 먹기가 어렵다. 게다가 죄다 횟집이다. 배달은 어림도 없다. 자연스럽게 식재료를 사서 요리를 할 수밖에 없다. 가사 노동이 늘어나는 건 귀찮고 싫지만 감수하고 있다. 시골을 시시해하는 도시 어린이가 그나마 서울에서보다 엄마의 집밥을 자주 먹을 수 있다고 좋아하기 때문에 묵묵히,

그러나 최대한 잔꾀를 부려 끼니를 쳐내고 있다.

처음부터 요리를 싫어했던 것은 아니다. 오히려 즐기는 편이었다. 식당에서 먹어본 맛있는 음식은 집에 돌아와서 레시피를 추측해 보며 제법 비슷하게 흉내 내기도 했다. 결혼 후에는 자주 손님들을 초대해 요리를 대접하기도 했다. 내 손으로 재료를 다듬고 맛을 내어 누군가에게 선사하는 것에서 기쁨을 느꼈다. 다만 어느 시점부터 내가 만든 음식을 그와 나눠 먹고 싶지 않았기 때문에 도저히 요리에 정성을 담을 수 없었다. 환멸로 가득한 손끝에서 무슨 다정한 음식이 나올까. 요리를 좋아했지만 서서히 요리를 관뒀다.

요리만 싫었을까. 한 공간에서 같이 음악을 듣는 것도 불편했다. 내가 좋아하는 음악을 거실에 틀지 않았다. 음악이 만들어주는 분위기를 공유하고 싶지 않았고, 그건 어쩌면 공기마저도 공유하고 싶지 않았던 것인지도 모른다. 자연스럽게 서로의 경계를 넘나들던 것들이 어느 순간 역겹게 느껴졌고, 내가 결벽스럽게 이것들을 의식하고 있다는 것을 알았지만 도저히 그와 섞여들 수가 없었다. 심지어 그와 멀티탭도 나눠

쓰지 못했다. 나란히 플러그를 꽂아두는 것만으로도 비위가 상했다.

다정함을 거둬들여야 했다. 노력하지 않아도 자연스럽게 흘러나오던 다정함은 다쳐서 오그라들었고, 습관처럼 나오는 다정함이 생기지 않도록 단속했다. 이 중 가장 불편했던 것이 요리였다. 요리를 하지 않으니 늘 파는 음식으로 상을 차렸고, 그렇게 몇 년이 흐르고 이제는 익숙해져서 요리를 하는 것이 귀찮고 싫어졌다. 시골로 온 뒤에는 그런 귀찮음과 상관없이 요리를 할 수밖에 없는 환경이 되어버렸는데 오히려 다행이다. 한동안 멀리했던 요리의 즐거움을 서서히 되찾아가고 있다는 점에서. 내 안의 여유롭고 다정한 마음씨가 다시 요리에 스며든다는 점에서.

어린이와 둘이 저녁을 먹는다. 가끔 이웃과 만나 같이 먹기도 한다. 정기적으로 아이 아빠가 이곳에 온다. 그럴 땐 긴장을 감춘 평범한 정상 가족으로 보인다. 드물게 외식을 하러 이웃 마을이나 읍내까지 나간다. 꾀가 나고 귀찮을 때는 라면이나 냉동식품 찬스를 쓴다. 일주일에 이틀 정도는 저녁을 먹으며 어린이와 같이 드라마를 본다. 어떤 날은 마당에서 캠핑 장비를 펼치고 먹으며 기분을 내기도 한다.

저녁엔 어린이의 학습을 봐준다. 대충 봐준다. 아이 공부 챙기기에 있어서 꼼꼼하기는 글렀다. 한 시간 반 정도 저녁 시간을 아이와 테이블에 마주 앉아서 보내고, 잘 준비를 하고 하루를 마감한다. 기분이 동하면 밤에 마당의 해먹에 아이와 누워 별을 본다. 달이 밝은 날은 하늘에 떠가는 구름 모양에서 연상되는 것 찾기를 하기도 한다. 어린이가 요즘 심취해 있는 음악들을 같이 듣기도 한다. 괜히 좀 더 유흥을 즐기고 싶어지면 밤 산책 삼아 걸어서 마을에서 가장 향락적인 공간인 편의점에 간다. 먹고 싶은 과자와 음료 등을 사서 해변에 서서 파도를 잠시 구경하다 집으로 돌아온다.

정신이 싸우지 않고 깨끗하게 흘러 하루를 마감하고 아이를 안고 잘 자라고 인사할 때, 내 방에 나밖에 없고 우리의 집이 안전할 때 나는 비로소 평온함을 들이마시고 잠에 든다.

애 아빠에 대해 누군가 물으면 적당히 대답한다. 서울에서 돈 버느라 바쁘네요. 주말에 올 거예요. 하지만 가까워지면 이혼 사실을 밝힐 때도 있다. 나와 아이가 그 사실로부터 안전한지 가늠해 보고 하는 것이지만 예상 못 한 불쾌한 일이 나중에 닥칠 수도 있을 것이다. 아이가 1학년 때 이혼했지만 3학년 때 제대로 설명해 주었다. 이혼을 둘러싼 여러 상황을 이해하려면 그 정도 나이가 최소한이라고 생각했기 때문이다. 학교에서 다양한 가족 형태, 다문화에 대해서도 배운 후였다. 그때 아이에게 누구에게든 이혼에 대해 말하고 싶으면 말할 수 있다, 부모의 이혼은 부끄럽거나 잘못된 것이 아니다, 다만 세상 사람들은 이혼에 대해 나쁘게 생각하고 너를 함부로 대하는 사람들도 있을 수 있으니 아무에게나 말하지 말고 상대를 보고 안심할 수 있는 사람들에게 말하는 게 좋다고 일러주었다. 초등학교 3학년 아이가 누가 안심할 만한 사람인지 구별할 수 있을 리 없는데 나는 이런 무책임한 말을 했다.

그러니 실은 이 말은 나 자신을 위한 말이다. 불행

한 관계에서 잘 걸어 나왔다는 점에서 스스로가 대견스러운 지경이라 이마에 '축 탈혼'이라 써 붙이고 다니고 싶을 정도지만 불필요한 공격이나 침범은 경계한다. 애 아빠는 어디 가고 혼자 있냐고 능글맞게 묻는 아저씨들에게는 무표정하게 남편이 있다고 응수한다. 단지 '전남편'이라고 안 했을 뿐.

모든 불쾌를 미리 막을 수는 없다. 살다가 이혼에서 파생된 불합리를 겪는다면 그때 맞춰 대응하는 수밖에 없다. 다만 어떤 일을 겪더라도 이혼은 잘못이 아니고, 아이의 잘못은 더더욱 아니라는 점을 아이가 알도록 행동하겠다고 다짐한다.

시골로 이사 오기 전에 나의 굴욕과 견딤에게 쓴 편지가 있다. 아이가 없었다면 그 자리에서 이혼하고 뒤돌아보지 않을 관계였지만 절단하듯 관계를 끝내지 않고 얼기설기 엮어 몇 년을 어중간하게 버틴 것을 후회하지는 않는다. 아이가 경험할 세계를 최대한 온전하게 보호하고 싶다는 나의 열망과 책임감은 굴욕들을 버티게 했다. 아이가 상황을 이해할 수 있을 만큼 자랄 때까지 기다렸다. 몇 번이나 소리 지르고 모든 것을 엉망진창으로 부수어버리며 정신을 놓고 싶은 순간들이 있었지만 견뎠다.

아이가 정기적으로 아빠를 볼 수 있게 일정을 협의했고, 아이의 세계에서 아빠가 형편없는 사람이 되지 않도록 내 안에도 그를 어느 정도 멀쩡한 사람으로 살려두어야 했다. 아이 앞에서 싸우거나 갈등을 증폭시킬 수 있는 말과 행동을 하지 않으려 조심했다. 차라리 회피했다. 양육비나 아이 돌봄과 같은 중요한 이야기들은 아이 없을 때 따로 시간을 내서 했고, 혹시라도 아이가 자기를 부담스러운 짐이라고 느낄까 봐 조심했다. 돌봄 시간을 협상하는 일 등은 잘못하면 아이를 맡는 일을 부모가 서로 꺼린다는 인상을 줄 수 있어서 피하려고 했지만, 그와 둘이 있을 때는 철저하게 협상하려고 했다. 돌봄 문제는 결혼 생활 와중에도, 이혼 후에도 여전히 속 시원히 해결되지 않는 이슈다.

아이 앞에서 아빠의 험담이나 신세 한탄 같은 소리를 하지 않으려고 애썼다. 어린이는 말랑하게 주변의 감정들을 흡수하고, 나에게 밀착되어 있는 존재이기 때문에 조금만 방심하면 내 감정에 오염될 수 있다. 세상에서 나 이외에 전남편과 가장 가까운 사람이 아이이기 때문에 아이가 왠지 내가 처한 상황을 가장 잘 이해해 줄 것 같은 바보 같은 착각에 빠질 때가 있다. 그만큼 이혼은 외롭고, 누군가는 내 경험을 잘 알아주길 바라기도 한다. 하소연하고 싶을 때가 있다. 아이가 감정 쓰레기통이 되지 않도록 정신을 바짝 차리고 상담자를 찾았고 더러는 인터넷에 익명으로 감정을 쏟아놓았다. 어딘가는 욕할 곳이 필요했다. 안 그러면 미칠 것 같았으니까. 그리고 '그래그래' 하고 토닥여 주고 맞장구쳐 주는 이도 필요했다. 그런 사람이 없다면 내 경험이 나를 압도해서 혹시 내가 고장 나서 잘못 느끼고 있나 하는 혼란이 찾아오기도 했다.

정신머리를 붙잡고 아이의 세계에서 아빠를 지키려고 했고, 비록 내가 그를 사랑하지는 않지만 한 사람의 인간으로, 또 아이의 아빠로서는 존중하고자 노력했다. 길 가는 모르는 사람에게도 예의를 갖추는 것처럼. 엄마는 아빠와 결국 헤어졌지만 너와 아빠 사이를 이어주고, 아빠와 아빠의 가족들을 존중한다는 메시지를 전하고자 했다. 전혀 마음에 없는 꾸밈이 아니라 내 안에서 그 존중을 발견하기 위해 노력했다. 폐허 속에 있더라도 비정해지지 말 것. 환멸의 한가운데에서도 한 인간으로서 상대를 존중할 것. 이것들로 나는 나의 존엄을 지키고자 했다.

하지만 사람이 지나치게 고상함에 집착하다 보면 자기 자신을 잃는 수가 있다. 복수가 필요하다. 마음을 주고받는 데에도 균형이 맞아야 하고 심리적으로 공평하다고 느껴야 쾌적하다. 상대가 나를 상처 주고 있는데 나는 상대에게 무해한 존재처럼 군다면 내 안의 균형이 맞을 수가 없다. 상대가 나에게 나빴던 만큼은 나도 나쁘고 싶었다. 그런 내가 기어이 생각해낸 복수란 무표정, 메시지에 무응답 또는 초성으로만 대답하기, 맛있는 음식은 나만 먹기, 제일 못생긴 그릇에 밥 덜어 주기, 생활비를 낭비하기 같은 하찮은 것들이었지만.

하찮은 복수의 끝에 이혼이 있다. 나를 함부로 대하는 너를 버리는 것이 내가 할 수 있는 가장 깨끗한

복수였다. 내가 살기 위해서이기도 했지만, 너는 자격이 없다는 선언이기도 했다. 배우자의 자리에 가장 정성스러운 마음으로 너를 초대했으나, 너는 이제 그 자리에 있을 수 없다. 사람들에게 그가 내 배우자로 여겨지는 것이 불쾌했다. 당신 따위가. 감히. 그 자리엔 좀 더 괜찮은 사람이 와야 했다. 나는 이것보다는 더 다정하고 따뜻한 관계를 누릴 자격이 있다. 혹은 그 자리가 채워지지 않아도 괜찮다. 있을 거면 제대로 된 사람이 있어야 한다. 너는 내가 버린다. 십여 년의 시간 동안 일상에서 나를 수없이 버리면서도 버리고 있다는 사실조차 몰랐던 그를 최종적으로 내가 버렸다.

과연 그는 버려졌을까? 상대를 버리고 있다는 사실도 몰랐던 사람이 자기가 버려졌다는 것은 느낄 수 있을까? 버려지는 고통을 살아내고 있을까? 나로서는 알 수 없고, 알 필요도 없다. 경험을 주었다 해도 상대가 내가 보낸 방식대로 경험하지 않으면 그만이다. 끝까지 지고 이기는 승부만 남은 관계에서 사랑의 흔적은 찾을 수 없다. 그가 어떤 사람이고 무엇을 느끼는지, 무엇을 겪으며 살아가는지 더 이상 내 관심사가 아니다. 이제 나는 그가 없는 일상에서 사는 것이 더 익숙하다. 하지만 여전히 한 아이의 부모로서 우리는 협력하며, 기능적인 관계를 유지하고 있다. 그 연결조차도 아이가 자라감에 따라 느슨해지는 것을 느낀다.

몸과 마음뿐만 아니라 일상, 돈, 커리어, 관계, 미래까지 얽혀 마치 나무와 그것을 옭아맨 칡넝쿨처럼 한 덩어리가 되어 있던 삶, 그 속에서 찾고 싶었던 일생의 안정과 내 편에 대한 소망을 시간을 두고 서서히 포기해 왔다. 이혼 이후의 삶은 결속으로 뻗었던 영혼의 가지들을 회수하는 과정이다. 손상된 가지들을 보듬으며 나의 세계로 에너지의 방향을 되돌리는 과정이다. 온전히 사랑하고자 했던 마음의 실패를 똑바로 보고 나에게로 돌아오며 애도하는 일이다. 사랑의 힘을 잃지 않은 채 나와 세상을 대하기 위해, 있던 곳에서 멀리 떠나서 나에게로 돌아오기 위해 나는 시간을 보냈다. 이 글은 그 여정에 관한 글이다.

멀리 가는 삶

멀리 가는 삶을 종종 생각한다
주어진 곳에서 멀리 벗어나는 삶
경계 너머를 꿈꾸고 기어이 선 밖으로 걸어 나가는 삶
가기 전엔 무섭지만 가 보면 의외의 것들을 알게 되는 삶
가지는 것보다 버리는 용기를 택하는 삶
그리하여 결국,
자신의 가장 가까이로 가는 삶

3

그 소란한 밤을 지나

성영주

성영주 1982년생. 잡지기자로 오래 일했다. 결혼했고 이혼했다. 타인은 지옥이라고 말하면서 사람을 포기하지 못하는 모순파다. 생의 팔할을 술 마시고 글을 쓴다. 술 마시려고 운동한다. 누가 시키지 않아도 열심히 한다. 머리칼은 직접 자른다. 사시사철 노브라다. 서울 한복판에서 강원도 시골인 양 지낸다. 사회생활에 지장이 없는 선에서 야생처럼 산다. 여자들의 이야기가 여전히 세상에 부족하다고 느낀다. 글쓰기를 지속하는 이유다. 여자들이 더 좀 맘껏 씨부렸으면 좋겠다. 누가 듣기나 하겠냐고 묻는다면, 내가 듣겠다고 답하고 싶다.

들어가며

"나가니까 행복해?"

헤어진 지 2년 만에 마주한 그가 물었다. 나는 대답을 하기까지 꽤 오랜 시간이 걸렸다. 낯설었다, 행복이라는 단어.

서른이 넘은 나이에 우연히 중학교 동창을 만나 연애를 시작했다. 2년여 만에 결혼식을 올리고 함께 6년을 살았다. 쌍방 간 합의에 이르지 못한 채 마치 게릴라 작전 하듯 내가 둘이 살던 집을 나온 것이 2년 전이다. 그렇게 근 10년의 유일무이했던 관계가 끝.났.다.

40년 안팎을 사는 동안 숱한 이별을 했다. 첫 이별

때는 온 세상 지나가는 사람들 하나하나가 거의 존경스러울 지경이었다. 이 아픈 이별을 딛고 멀쩡하게 걸어 다니는 사람들이라니. 대체 다들 어떻게 견디고 살아가는 걸까, 믿을 수 없었다.

그러나 그 생생했던 아픔도 슬며시 무뎌지고. 더는 뛰지 않을 것 같던 심장도 다시 '준비, 땅!' 튀어 나간다. 그렇게 사랑을, 또 해버린다. 그러곤 다시, 끝이 난다. 이제는 이 흔한 사랑의 시작을, 그 끝의 징후와 모양을 감지할 만큼 나이도 먹었다. 급기야(?) 결혼까지 치렀다.

꽤 안다고 생각했다. 그러나 여지없이 이별이라는 끝을 마주할 때, 내 오만에 내가 걸려 넘어진다. 나는 이혼이라는 이별에 전례 없이 크게 걸려 넘어졌다. 이것은 그 넘어짐에 대한 이야기다.

난 좀 웃긴 글을 좋아했다. 외로워도 슬퍼도 나는 안 울고, 늘 좀 웃기게 쓰고 싶었다. (물론 독자가 실제로 웃었느냐와는 별개다.) 또 오만이었다. 이혼에 대해 쓸 때 그 어느 때보다 어렵고 험했다. 이 글에서 나는 하나도 웃기지 못했다. 쓰면서 그간 숱한 이별에 걸려 넘어지던 스스로를 복기하듯 턱턱 걸려 넘어졌다. 이것은 그 넘어짐에 대한 이야기다.

나는 행복의 지속을 믿지 않는 쪽이다. 혼자보다는 둘로서 내린 결혼이라는 결정이 행복을 담보한다고 생각지도 않았다. 그러나 행복을 바란 적 없었다고, 절망의 연속을 예상한 것도 아니었다. 나의 결혼은 어쩌면 바란 적 없던 행복을 예상치 못한 절망으로 절충하는 시간이었을지도 모르겠다. 애초에 행복을 바라지 않아서 이 모양인가, 머리를 쿵쿵 박았던. 이제라도 간절히 바라면 닿을 수 있는 걸까, 두 손을 꼭꼭 모아도 봤던. 그렇게 6년 동안을 두 손 모아 쿵쿵, 자꾸만 넘어졌다. 이것은 그 넘어짐에 대한 이야기.

그리고 늘 그랬듯 다시 일어서는 이야기다.

대낮에 한 가출

결혼 만 4년 무렵, 나는 처음으로 집을 나왔다. 평일 대낮, 당장 입을 옷가지만 대충 구겨 넣은 트렁크 2개와 함께였다. 아파트 단지를 가로지르며 나는 엄마에게 전화를 걸었다. 활기찬 목소리로 전화를 받은 엄마에게 다짜고짜 말했다.

"엄마, 나 좀 데리러 올 수 있어?"

일순간 수화기 너머의 공기가 바뀌는 것 같았다. 쿵 하고 내려앉았을 마음이 충분히 짐작되는 상황. 엄마는 들릴 듯 말 듯 옅은 한숨을 한 번 내쉬더니, 이내 흔들림 없이 물었다.

"어딘데?"

엄마의 첫 마디는 "왜?"가 아니었다. 평일 대낮, 데리러 올 수 있느냐는 딸의 한 마디에 담긴 모든 정황을 엄마는 순식간에 파악한 듯했다. 비슷한 상황에서 왜 그러는 거냐고 구체적인 정황을 낱낱이 캐묻고 싶어 하는 쪽이 있다면, 상황 파악은 나중으로, 당장 상대가 필요한 것을 해주려는 쪽이 있을 거다. 엄마는 후자였다.

"집 앞이야 엄마. 나, 집을 나왔어."

엄마는 두말없이 "지금 갈게"라고 답했다. 10초도 안 되는 통화가 끝난 후, 나는 울었다. 주체할 수 없이. 한 번밖에 없는 시험에 단단히 실패해 버린 것 같은. 사랑하는 이의 등에 별안간 칼을 꽂은 것만 같은. 나의 무사안일을 바라는 소중한 이들에게 빅엿을 날린 것만 같은. 짧지 않은 지금까지의 삶이 뿌리째 넘어져 버린 듯한. 이걸 다 더해도 제대로 설명되지 않을 만큼 무참한 기분. 무릎에 힘이 실리지 않아 잠시 휘청거렸다.

그때 내 무릎은 엄마였다. 30분쯤 지났을까. 내 앞으로 미끄러지듯 들어온 엄마의 차에 곧 몸이 실렸던 것 같다. 내 손에 들려 있던 캐리어 2개를 재빠르게 당신 손으로 옮겨 와 차에 실은 것도 엄마였던 것 같다. 전화를 끊고 나서 엄마의 집으로 가기까지, 그날의 기억이 내겐 없다.

* * *

집을 나오기로 마음을 먹고, 나는 그에게 편지를 썼다. 아니, 편지를 쓰고 나서 집을 나오기로 결정했던가? 기억 속 순서는 뒤섞여 있다.

2019년 2월 17일 편지 〈OO**에게**〉

뽀얗게 쌓인 먼지를 닦았어. 일주일 정도만 지나도 거실 장식장 위에, TV 위에, 소파 위, 침대 위, 화장대에는 먼지가 뽀얗게 쌓이거든. 결혼 내내 그 먼지들은 내가 대부분 닦아낸 것 같다.

닦으면서 생각했어. 먼지는 쌓이게 마련이고, 그걸 방치해서는 안 되는 거라고. 청소를 피할 수는 없고, 귀찮더라도 자꾸 마주하고 닦아내지 않으면 온통 더럽혀진 채 살아야 하는데. 그 상태로는 절대 오래 살 수 없다는 거.

나는 알았어. 너와 나는 많이 다르다는 것. 네 말대로 좋을 때야 뭔들 극복 못 할까, 각오가 쉬워진다는 것. 그러나 좋을 때는 정말로 한때라는 것. 빗방울이 중력을 이길 수 없듯이 사랑은 시간의 힘을 이겨낼 수 없다는 것. 그렇다면 중요한 건, 사랑 그 이후일 거야.

너의 나의 사랑 이후는 어떻게 흘러온 걸까.

사랑, 그리고 결혼, 함께 살아간다는 것, 평생의 약속. 난 아마도 그것들을 조금은 쉽게 생각했던 것 같다. 정치적 지향, 세상을 바라보는 시각, 가치관과 방향성, 소중히 여기는 가치들에 대해서. 그런 것들이 사랑에 필요조건은 아니라고 생각했어.

다시 말하면, 다른 것은 당연하고, 굳이 같을 필요 없으니 서로 대화가 된다면, 서로를 존중할 수 있다면. 논쟁하고 수정하고, 발전해 가면서 그렇게 서로의 삶에 영향을 끼치며 점점 더 나아질 수 있을 거라고. 그렇게 생각했어. 그러나 너와 나는 사랑할 땐 눈 감았고, 사랑 이후에는 무시했던 것 같아.

너는 나를 자주 비난했고. 나를 말뿐인 사람이라는 박스 안에 넣어두고, 너는 너만의 박스에 갇힌 채 그렇게 대화는 멈췄지. 서로를 전혀 설득할 수 없다는 전제 위에서 너와 나는 싸우지 않으려고 살았던 것 같아. 싸워서 침범하고 설득하고, 맞춰지지 않는 것은 서로 양보하고 수정해 가야 하는 시간을 각자의 박스 안에서 그저 지나쳐 왔지.

결혼이라는 결정, 그 말 안에 든 아주 무거운 책임들을 너와 나는 함께 지지 못했어. 혼자서는 감당할 수 없음을 내내 감지하면서도 함께보다는 각자로서 점점 더 힘겹게 지고 나아가려 했던 것 같아.

너는 나와 대체 어떤 대화를 더 할 수 있을까. 청약에 신경 쓰지 않는다며 나를 나무라는 너는, 집을 꼭 사야 한다고 생각하지 않는다고 말하는 나에게 도대체 어디서 무슨 말을 듣고 그렇게 (잘못된) 생각을 하는 거냐고 나를 비난하는 너는, 나와 더 이상 어떤 미래를 그릴 수 있을까. 맨날 술이나 처먹고, 제 마음대로 사는 나를, 넌 어떻게 결혼의 동반자로 대할 수 있을까.

다시금 생각해 봤어. 너의 친구들 앞에서 나를 깎아내리는 방식으로 존재감을 찾던 너를. 똑똑하면 얼마나 똑똑하냐고 반감부터 갖던 너를. 여자는 남자보다 못하다던 너를. 최소한으로 표현하며 말하지 않은 대부분의 감정을 속으로 삭이며, 결국에는 많이 참았다고 울부짖는 너를. 너무도 괴로울 너를.

말하는 나를 말뿐인 사람이라며 귀 닫은, 말에 서툰 너를. 말은 소용이 없고 행동으로 보이라고 강요하던 너를. 네 앞에서는 말을 잃어갔던 나를. 아무런 사랑도 배려도, 그래서 존중조차 없구나, 문득문득 공허했던 순간들을. 계속해서 떠올렸어. 아니, 잔잔하게 그러다 점점 폭풍처럼 밀려왔어.

나와 꼭 같은 사람과 살 거라고 기대하지 않았어. 그렇게 4년이라는 시간을 너와 나는 각자 견뎠을 거야. 나는 이제 같을 필요는 없지만, 이렇게나 다름에 대해 무시하고 회피하는 방식으로는 살고 싶지 않아. 최저임금제에 동의하는 사람과 노동의 더욱 진전된 방식에 대해 디테일한 논의를 하며 살고 싶고, 부동산이 재산 축적에 얼마나 중요한지에 대해 다투기보다는 부동산 욕심은 내려놓고 현재를 좀 더 잘 살아내는 최소한의 방식에 대해 이야기하며 살고 싶어.

미래를 위해 현재의 고통에 눈 감기보다는 각자의 현실적 고통에 대해 터놓고 대화하고, 지금의 나를 위로하고, 내가 위로를 보낼 수 있는 이들과 연대하며 살고 싶어.

결혼을 망치는 사람, 상대를 괴롭게 하는 당사자, 죄인으로는 더는 살고 싶지가 않아. 나 때문에 괴로워하는 누군가를 보면서 늘 마음 한편에 죄책감을 간직한 채 더는 살 수가 없을 것 같아.

나는 네가 생각하는 결혼에 한 톨도 적합하지 않은 사람이야. 내 존재를 지워가면서 너의 결혼에 부응하기가 많이 어렵다. 약속을 어떻게 그리 쉽게 저버릴 수가 있느냐고 묻는다면, 결코 쉽지 않다고 답할게. 너와 내가 서로를 붙들어 매는 힘이 이전과 똑같은 방식으로는 힘이 다한 것 같다는 생각, 아니 확신이 들어.

난 여전히 네가 어떤 생각을 하고 있는 건지 들을 기회가 없었고, 그래서 전혀 짐작도 못 해. 그리고 또 이렇게 되어버린 현실을, 이전보다도 부정적인 방식으로 건너가고 있다는 게 더 절망적일 뿐이야.

서로의 이야기에 귀 기울인 적 없으니 마음은 굳게 닫혔고, 이제는 허울뿐인 약속에만 매달리고 있는 상황이라는 거. 그게 명백한 너와 나의 현실인 것 같아.

그리고 난 여기서 너와 뭘 더 어떻게 해나갈 수 있을지, 솔직히 자신도 없어. 온통 다 모르겠어.

더는 회피하지 말자. 너와 나는 힘들다, 많이. 이건 누가 누구를 망치는 것도, 구렁텅이에 빠뜨리자는 것도 아니야. 너와 내가 서로에 대해 오해하고 있다면, 우리는 그 오해를 풀 만큼의 마음도 서로에게 내어주지 못했다는 거니까.

말로 마음을 꺼내 볼 기회를, 상대의 말을 귀 기울여 들어볼 의지를, 계속해서 잃어왔으니까.

이렇게는 더 이상 안 될 것 같다. 너와 나 사이에는 닦아내지 못하고 방치된 먼지들이 너무도 많이 쌓여버렸어. 어떤 식으로든 닦아내지 않으면 아무런 방향으로도 나아갈 수가 없어.

침묵하는 너를, 나는 더 견딜 수가 없다. 자꾸 회피하고 엇나가는 내 모습도 더 이상 마주하기 버겁다.

지금의 나는 최악인 것 같아.

이렇게나 삶이 마음에 들지 않을 때는, 온 힘을 그러모아서 빠져나와야지. 타개해 나가야지. 너도 나도 지금보다는 나아져야지. 그래야 살지. 이렇게 진창에서 더 견디지 말자. 제발.

손으로 꾹꾹 눌러썼던 5장의 편지에 그는 아무런 반응이 없었다. 편지를 사진으로 찍어 보낸 문자에도 답은 없었다. 나는 그렇게 둘의 집을 혼자서 나왔다.

헤아림이라는 것

"네가 오죽하면 그랬겠나."

나는 엄마의 이 말을 듣고 나서야 알았다. 당시의 내게, 그리고 이혼이라는 일을 겪어내야 할 누구에게든 가장 필요한 말은 어쩌면 이것일지 모르겠다고. "네가 오죽하면 그랬겠냐"라는 묻지도 따지지도 않는 헤아림 말이다.

엄마 집에서 나는 잘 먹고 잘 잤다. 어쩌면 지나치게. 모든 걸 잊은 듯이 외려 활기차던 나를 바라보는 엄마에게서 종종 걱정스러움이 비쳤던 것도 같다. 나도 엄마도 그러나 그 걱정을 입 밖으로 내놓지 않았다.

집을 나온 지 한 달 정도 지났을까. 어떤 행보에 대한 계획도 의논도 수면 위로 올려놓지 않은 채, 어쩌면 안일하고 태평해 보였을 나의 어느 주말. 엄마와 순댓국집에서 오랜만에 마주 앉은 날이었다. 엄마는 국밥을 앞에 두고 왠지 모르게 초조해 보였다. 내 눈치를 살펴 말을 고르는 듯하더니 이내 결심한 듯 힘주어 말했다.

"너… 앞으로 어떻게 하고 싶어? 그냥 엄마랑 살래?"

엄마는 이번에도 "이혼을 할 거야, 말 거야"라든지 "앞으로 어쩌려고 이러고 (태평하게) 있냐"라고 입에서 나오는 대로 묻지 않았다. 채근하지도 않았다. 엄마는 이미 그 이후를, 딸의 좀 더 나은 미래를 생각하며 말을 고르고, 마음을 다잡고 있던 것 같다.

이혼이 힘든 건, 청소년기에 반항하듯 일부러 나쁜 일을 저지른 것도, 하물며 막무가내 범죄를 저지른 것도 아닌데 스스로 죄인 같아진다는 점이다. 양가 가족들을 포함해 수많은 이해관계가 얽혀 있는 일. 누구의 잘못이라고 명확하게 원인 분석을 할 수도, 한 마디로 설명할 수도 없는 상황을 알아듣게 설득해야 하는 입장에 놓인다는 점 또한 그렇다.

그 수많은 관계 속에서 실은 어떤 누구도 이혼의 달성(?)에 '실질적'으로 기여할 수는 없다. 당사자 간 합의는 당사자만 가능하고, 그게 아니라면 법정 소송이든, 재산 분할이든 뭐든 '실질적' 도움은 고스란히 값을 치러야만 가능한 일. 그 과정에서의 숱한 결정은 모두 본인 몫이다. 주변 사람들의 심정적 지지라도 있으면 다행이고, 외려 가장 가까운 가족 친지들의 실망감, 나아가 비난과 힐난 앞에 놓이는 일.

내게 엄마라는 존재는 이혼이라는 가시밭길 속 쿠션과도 같았다. 같은 일 앞에서 가장 앞서 당사자를 비난하는 사람이 부모인 경우를 나는 익히 보았다. 가시밭길의 가장 뾰족한 가시가 가장 가까운 가족이라는 아이러니는 숱하게 많았다. 내 인생의 가장 무참한 순간에 엄마는 앞선 사례가 아니었다. 완전한 보호자였고, 든든한 지지자였다. 엄마는 나를 진창 속에 두지 않았다. 씻기고, 입히고, 먹이고, 재웠다. 그 안에서 나는 두 번째로 자랐던 것 같다.

"응. 엄마. 나 다시 (그 집으로) 들어갈 생각 없어. 엄마랑 살래."

나의 결심은 확고했다. 먼저 연락조차 없던 그와 다른 미래를 상상할 수 있는 가능성이란 희박했으므로.

당장 입을 옷가지만 챙겨 나와 시작된 나의 가출은 그렇게 점점 다른 계절을 맞이하고 있었다. 그와 마주치지 않을 시간을 골라 남아 있는 짐을 더 가지고 나오던 날. 혹시 변한 집 안 상황에 놀랄까 봐 그에게 문자를 남겼다. 짐을 더 챙겨 나왔다고, 놀라지 말라고.

"이제 그만 들어와."

그에게서 한 문장의 짧은 답장이 돌아왔다. 나는 그 문장을 내가 썼던 5장의 편지, 나아가 결혼 4년의 우여곡절에 대한 답으로 받아들이지 못했다. 별거라는 큰 변화에도 그와 나 사이에 대화가 없다는 사실만큼은 변함없이 단단했다. 그의 짧은 요청은 나를 움직이게 할 만한 어떤 근거로도 작동하지 못했다. 그런데 그 근거라는 것이 엉뚱한 곳에서 피어나고 있었다.

가장 슬픈 어버이날

별거 3개월 즈음에 접어든 어느 날. 둘의 집, 이제는 그 혼자 지내고 있던 전셋집 재계약 시점이 다가오고 있었다. 나의 마음은 이혼으로 굳건했고. 함께 넣었던 전세금을 빼서 각자 삶으로의 정리를 시작해야 한다는 의지도 컸다. 그러나 그에게 계획을 의논할 새도 없이, 내 의지는 뿌리째 흔들리고 있었다. 그가 나와 한 마디 상의 없이 전세금을 올려 집을 재계약을 했다는 사실을 알게 된 것. 그것도 우리 한 명의 연봉과 맞먹을 만큼의 액수였다.

청천벽력이었다. 엄마와 살 거라는 말은 임시방편의 비유였지, 앞으로 영영 '엄마 사랑 나라 사랑, 우리 둘이 영원히' 같은 직유법이 아니었다. 결국 이혼은 홀로서기, 홀로서기에서 가장 절실하고 중요한 1번은 역시 돈일 텐데. 이제 다 크다 못해 늙어가는 딸이 언제까지고 '나 몰라라' 하며 엄마 집에서 기생할 순 없었다. 나는 좌절했다. 상황은 그러나 나를 빨리 좌절에서 빠져나오라고, 다시금 결단을 요구하고 있었다.

선택지 중 최악과 차악만이 남았을 때. 최대한 빠르게 차악을 택하고 해결책을 찾으려는 나의 습성이 이번에도 발현됐다. 당장 이혼을 할 수 없다는 현실이 청천벽력의 최악이었다면? 그렇다면 연봉에 맞먹는 전세금을 그에게 혼자 감당하라고 할 순 없다. 그게 나의 차악이었다. 나의 결론은 빠르게 이루어졌다.

자라는 동안 크든 작든 혼자 결정하고, 통보하는 식으로 내내 부모를 애달프게 해왔을 나의 못된 버릇 또한 뒤이어 작동했다. (배은망덕한 자식 같으니!) 엄마에게 재결합에 대한 결심을 통보하는 날. 그날은 하필 어버이날이었고. 엄마 집에서 마지막 출근을 하며 나는 결정을 알리는 짤막한 메모를 남겼다.

그동안 고마웠다고, 나는 다시 들어가서 살아보기로 결정했다고. 걱정하지 말라고, 나 잘할 수 있을 거라고, 밥 잘 챙겨 먹고 건강 챙기시라고.

새벽 운동에 나간 엄마의 부재를 틈타 통보 메모를

남기고 출근길에 나서던 길. 마침 조금 일찍 귀가하던 엄마와 마주치고 말았다. 나는 허둥지둥 어버이날 축하한다는 말을 건네고 현관을 나섰다. 엄마는 그사이 내 결정이 담긴 메모를 읽었는지, 처음으로 떨리는 목소리로 등 뒤에서 내게 말했다.

"○○아, 들어가기 싫으면 엄마 집에 계속 있어도 돼."

엄마는 또다시 내 짤막한 통보 속 행간을 읽은 것 같았다. 엄마의 둥지 안에 안긴 지 3개월. 다시 둥지 밖으로, 그것도 이미 제 발로 나온 적이 있는 그 미로 속으로 다시 떠나려는 딸이 못내 안쓰러웠을지도 모르겠다. 나는 또 한 번 왈칵 울대가 뜨거워졌다. 차마 등을 돌려 엄마를 마주 보지 못하고 목소리만 가다듬은 채 말했다.

"엄마. 나 괜찮아. 잘할 거야, 나."

1시간여 가까운 출근길 지하철에서 나는 울음을

그치지 못했다. 엄마도 내가 떠난 그 자리에서 메모를 붙잡고 울진 않았을지. 그날은 지금까지도 내게 가장 슬픈 어버이날로 남아 있다.

* * *

나는 재결합을 앞두고 다시 한번 그에게 편지를 썼다. 나는 다시 우리 사이에서 희망이란 걸 애써 찾고 있었다.

2019년 4월 22일 편지 〈○○**에게**〉

오늘 점심시간에 잠시 서점에 다녀왔고. 책을 사들고 들어와 사무실에 앉으니 어느새 비릿한 땀 냄새가 풍겨 오더라. 벌써 그런 계절이 오고 있네. 내가 집을 나선 게 겨울, 두세 달이 지났을 뿐인데 두 계절이 휙 지나가버린 듯한 느낌이 들어서 꽤 생경했어.

너와 나는 그동안 몇 번의 카톡을 오갔네. 몇 번 안 된 연락은 늘 내 쪽에서 출발했고. 어제 나눈 카톡에서 너는 이제 그만 들어오라는 말을 두 번째 했어. 생각해 보았지. 그만 돌아오라고 말하는 너는 그간 무슨 노력을 했을까. 두 계절이 바뀌는 동안, 너와 내가 따로 지내고 있다는 것 말고 우리 사이는 과연 뭐가 달라졌을까.

실은 아무것도 바뀌지 않았지. 서로에 대해, 결혼에 대해, 함께 살거나 못 사는 것에 대해 각자가 많은 생각을 했겠지만, 생각이 행동으로, 어떤 결과로는 표출된 적이 없으니까. 나는 너와 만나서 어떤 대화를 하고, 또 어떤 결론을 향해 합의를 보게 될까. 그걸 계속해서 생각하는 와중이었어. 그러던 중에 어제오늘 우연히 팟캐스트를 한 편 들었어. YES24에서 운영하는 '책읽아웃'이라는 팟캐스트야. 그중 봉태규가 나오는 편이었어. 봉태규가 얼마 전에 〈우리 가족은 꽤나 진지합니다〉라는 책을 냈거든. 그 책에 대한 인터뷰였어.

들으면서 이 사람이 남편으로서, 아빠로서, 그리고 대한민국의 한 남자로서 어떤 생각의 변화를 겪고, 어떤 태도로 살고자 노력하고 있는지가 와닿았어. 참 보기 드문 인간으로 성장하고 있는 사람이구나, 놀랍기도 했어. 누군가의 남편으로서, 두 아이의 아빠로서 어떻게 하면 좋은 삶을 살 수 있을까 끊임없이 공부하고 노력한다는 사실이 멋지기도 했고. 너와 나에 대입해 보면서 부럽다는 생각을 가장 많이 했던 것 같아. 나는 이런 인간이라면 평생을 살고 싶었겠구나라고도.

그러고 문득, 결론 없는 지난 두세 달의 고민에 대한 아주 작은 실마리가 보이는 느낌이 들었어. 우선 이 팟캐스트를 너에게 들려주고 싶다. 그러면서 이어졌던 생각. 내가 너와 다시 함께 살 수 있으려면, 서로 도저히 안 될 거라고 노력을 닫아버렸던 부분에서 다시 한번 기회가 주어져야겠다는 생각으로 이어지더라.

참다가 혼자 실망하고, 그래서 또다시 포기하게 되지 않기 위한 기회. 그 첫 번째 제스처가 너에게 이해를 구해 보는 것이었어. 내가 성장하고 싶은 방향, 앞으로 살고 싶은 삶의 형태가 어떤 것인지에 대해 이해해 보려는 노력을 해보자.

그러면서 서점으로 달려갔지. 내가 마지막으로 너에게 편지를 썼을 때 언급했던 게 있잖아. 가치관이 비슷한 사람, 그리는 미래의 방향이 비슷한 이들과 연대하며 살고 싶다는 말. 그런 면에서 너와 나는 절대로 불가능하다는 걸 알고 있었고, 그래서 설득하는 방식이 아니라 포기하는 방식으로 지난 시간을 건너왔다고.

그래 좋아, 그럼 이것부터 시작하자. 이렇게 달라도 서로에게 긍정적인 영향을 끼치며 함께 성장할 수 있으면 괜찮다고 했던 나의 초심으로 돌아가 보자고.

내가 어떤 생각을 갖고 사는지, 어떤 것에 감명을 받고, 그래서 어떤 삶을 그려가는지. 우선은 너와 공유하고 싶어. (봉태규 팟캐스트를 꼭 들어봐 줘.) 그리고 읽고 싶은 책을 함께 읽어주기를 부탁할게.

너와 4년을 살아온 내가, 앞으로도 파트너로서 숱한 변화들을 함께 맞닥뜨릴 나로 남아 있어 주기를 바란다면, 진정 내 변화를 바란다면, 우리 다시 한번 서로에게 변화할 수 있는 기회를 줘보자.

사람 고쳐 쓰는 거 아니라고 한 것도 우리고, 절대 안 변할 거고 다시 살아도 결국은 또 똑같아질 거라고 한 것도 우리지만. 변하지 않는 것 외에 변하는 게 있다고 믿어. 다시 공부하고 배우면서 노력하는 사람에 한해서, 조금씩 스스로를 확장하고 세상을 바라보는 눈을 정교하게 가다듬으며, 문득 변화하고 성장하는 존재라는 걸 난 여전히 믿어.

너도 나도 그렇게 변할 수 있다고 다시 믿어보고, 그래서 증명해 보고 싶어. 네가 변할 수 있다면, 아니, 이런 단서도 필요 없이 동시에 나도 변해 볼게. 들어봐 줘. 읽어봐 줘. 부탁해.

집 책꽂이에 있을 거야.
김영민 〈아침에는 죽음을 생각하는 것이 좋다〉
정희진 〈페미니즘의 도전〉

그렇게 나는 다시 둘로 돌아갔다.

그 밤, 그 밤들

다시 함께 살아보기로 하고, 그와 나는 충분히 조심했다. 서로의 심기를 건드리지 않으려고. 더 많은 시간을 함께 보내고 더 많은 말을 섞어보고자 애를 썼다. 함께이고자 내내 애를 써야 한다는 건 그만큼 '함께'라는 자체가 어렵다는 방증일 게다.

표면적으로 우리는 평화롭고 다정해 보였을지 모르지만 툭하면 물 밑으로 가라앉아 버릴까 쉼 없이 물장구를 쳐야 했다. 누구 하나만 붙잡아도 끊어질 듯 위태위태하던 동아줄을 둘이서 아등바등 잡고 버텨내느라, 진이 다 빠질 지경이었다. 그와 나의 결혼 생활에서 자연스럽고 익숙한 것이란 '각자'의 시간, 대화 '없는' 날들이었으니까.

그러다 코로나19가 닥쳐왔다. 팬데믹은 우리의 관계에도 말 그대로 재앙이었다. 재택근무가 이어지면서 그와 나의 노력은 또 다른 국면을 맞닥뜨렸다. 함께하고자 기를 쓰고 노력했는데, 강제적으로 함께여야 하는 상황. 애쓰지 않아도 함께 있을 수 있다는 것, 우리에게는 이 상황이 더 난감했다.

일을 핑계로 그는 거실에서, 나는 작은방으로 터전을 만들기 시작했다. 재결합 이후, 나는 일하는 필드를 옮겼고, 때마침 옮긴 곳은 코로나19 상황으로 인해 전성기로 급성장을 하고 있었다. 일이 쏟아졌고, 그걸 빌미로 각자 공간에서 식사와 생활까지 해결했다. 우리는 한집에서 필사적으로 각자이고자 했다. 그와 나는 다시 새롭게 멀어지고 있었다.

일과 생활이 서로에게 계속해서 부정적인 영향을 끼치며 두 가지가 동시에 나빠져 갔다. 일터에서의 나를 지킬 힘도, 집안에서의 서로를 돌볼 여유도, 마음이나 의지도 찾기 어려웠다. 나는 퀭한 눈으로, 버틸 수 없는 몸으로 견디고 또 견뎠다. 그의 얼굴과 표정에도 해소되지 않을 시름이 자리 잡고 있었다. 모든 제반 상황이 우리를 낭떠러지로 밀어내고 있었다. 지독한 불면증에 시달렸다.

그맘때쯤 하루였다. 일을 마치고 집에 혼자 있던 저녁 시간. 가만히 누워 있는데 갑자기 숨이 턱까지 차오르면서 발작적으로 울음이 터져 나왔다. 무엇이 계기가 되었는지, 인과관계를 가늠할 수 없는. 말 그대로 화산처럼 폭포수처럼 쏟아졌다. 나는 짐승처럼 울며 그에게 전화를 걸었다. 그에게 뱉은 첫 마디는 스스로도 전혀 예상 못 한 말이었다.

"너 왜 나 사람 취급을 안 했어? 왜 나 사람 취급을 안 했어어어억…. 사람 취급을으으으어어억…"

이성의 끈이 거의 희미한 채로 나는 내장이 쏟아지듯 울었다. 밖에서 술자리를 하고 있던 그에게 나는 숨이 넘어갈 듯 껄떡거리며 "어디냐"고, "당장 들어오라"며 울부짖기만 했다.

당시 나는 그와 함께 마주 앉아 있기도, 밥 한 끼를 같이 하기도 어려웠다. 게다가 24시간 업무 카톡에, 매 순간 새로운 결정과 즉각 진행까지, 동물원의 족쇄

찬 사자처럼 매인 기분. 내내 있어야 할 집이 사무실이 되었고, 퇴근 후 집도 내 집 같지가 않았다.

우리는 서로를 사람 취급하지 못했다. 옆에 있으면 피하고 싶었고, 한집에 있어도 동선을 최대한 멀리 그었다. 우리는 서로가 점점 더 버거웠고, 집은 감옥처럼 불편해져만 갔다. 어쩌다 혼자 있을 때, 거실에서 TV를 보다가도 그가 현관 비밀번호를 누르는 소리가 들리면 소스라치게 놀라 방으로 몸을 피했다. 그의 잘못도 누구의 잘못도 아니었다. 현관문을 여는 그 소리가 내게는 마치 총알을 장전하는 소리로 느껴졌을 뿐.

우리가 흔히 몸 편히, 마음 둘 곳을 집이라고 한다면, 집이라는 안락이 가장 간절했을 내게 당시 집은 한 번도 집이 되어주지 않았다. 2년 전, 별거 직전의 진창보다 더한 진창이 있을 거라고 그때는 상상하지 못했다. 또다시 우리는 진창이었다.

2020년 10월 16일 <**불면증 나들이**>

잠을 못 잔 지 꽤 오래됐다. 밤 11시에 누워 뒤척이다 아침이면 좋겠다 하고 시계를 보면 새벽 1시 36분이다. 그렇게 절망하며 말똥말똥 침대에서 온갖 생각에 휩싸여 휘둘린다. 그래도 두 시간은 지났겠지, 시계를 확인할 때마다 고작 20~30분이 지났다.

아직도 2시, 3시, 4시, 제발 5시라도 됐으면… 내내 절망한다. 그러다 드디어 6시가 될라치면 몸을 일으킬 때가 된 것이 얼마나 기쁜지 몰라 소스라치게 기상한다.

다음 날은 술에 취해 어떻게 잠들었는지도 모를 잠을 잔다. 다만 자지 못한 나를 내내 맞닥뜨린 불면증의 날과 하나도 다를 바 없는 상태로 기상한다는 게 현실.

하루에 두세 시간 겨우 눈 붙이는 생활. 2년이 다 되어간다. 기상 알람이 필요 없어진 지 오래다.

재택근무라 오후에 잠시 눈 붙이는 것도 가능한데. 그나마 주말에는 일에 방해받지 않아도 되는데. 죽겠는 피곤함도 마침 상시 출몰인데. 그 잠시의 낮잠도 성공이 어렵다.

사람이 잠을 못 자면 이렇게 되는구나, 절실히 배우고 있다. 눈이 퀭하다 못해 누군가 내 눈알을 빼내 가서 한입 꿀꺽 삼켰다가 도로 뱉어 꽂아놓은 듯 퀭하다.

'아직은 젊음이 버텨주지만…' 하는 위안도 이제 곧 수명을 다할 것 같은 바삭한 건조함과 웃어도 웃는 게 아닌 쓸쓸함이 조금씩 번진다.

잠으로 닫혀버릴 온갖 생각들이 생생하게 살아 넘실댄다. 그 생각들을 헤매느라 다시 잠을 못 이룬다. 머리통이 심장처럼 뛴다.

기자 생활을 하며 사람을 만나고, 그 사람을 찍고, 이야기를 나누고, 그걸 다시 사진과 글로 옮기면서 사람의 얼굴 생김은 그 사람의 삶대로 구현된다는 진실을 내내 확인했다.

거울을 들여다본다. 내 삶이 누군가 꿀꺽 삼켰다 뱉어놓고 방치한 눈알 같구나. 그 눈알을 들여다보는 내게는 애처로움도 안쓰러움도 그래서 일말의 동정도 없다. 차가워. 내가 나를 방치했는데, 방치에 대한 시선도 지독히 쌀쌀맞다.

잠을 자고 싶다. 다만 한두 시간이라도 꼴깍 죽은 듯이 숙면하고 싶다. 다른 그 무엇보다 잠이 이렇게나 절실한 삶이라면, 죽는 게 낫다는 말이 진실에 가깝게 되는구나, 그런 거구나.

그와 나에게 다시 결단할 때가 오고 있었다.

끝없이 미끄러지는 세계

"나는 다른 사람들처럼 평범하게 살고 싶었을 뿐이야."

그는 마지막까지 내내 이 말을 반복했다. 우리는 함께 낭떠러지에 서 있었는데, 그는 인정하고 싶지 않았던 것 같다. 그와 나의 낭떠러지 앞 대화는 '평범'이라는 허상 앞에서 수만 번을 맴돌았다. 그는 충분히 잘못된 결혼 속에서도 계속해서 평범을 좇았고. 우리가 '함께'하는 동안 그놈의 '평범'이라는 것이 얼마나 어려운지 내내 체감하고도 그는 마치 경주마처럼 눈 닫고 귀 닫은 채 앞만 보며 달렸다.

나는 그렇다면 "대체 평범이라는 게 뭔데?" 정의부터 묻는 사람. 의문부터 제기하는 나는 이미 그가 말하는 평범과 거리가 멀었겠지, 지금은 알 것도 같다. 나는 그가 말하는 평범이 정말로 평범한 것이었다면 우리가 애초에 이렇게 되지 않았다는 사실을 알았다. 누군가의 평범이 실은 그 안에 얼마나 고된 버둥거림을 담보하고 있을지, 자주 상상했던 것 같다. 나는 비로소 세상 모든 부부와 가족이 존경스러웠다. 그 힘든 평범을 계속해서 해내고 있다니, 평범이란 과연 얼마나 비범한가.

"겹치지도 포개지지도 않고 미끄러지는 세계."
— 최진영 소설 〈구의 증명〉 중에서

꼭 이 문장 같았다. 부부여야 할 우리는 겹치지도 포개지지도 않은 채 각자의 세계 속에서 끝없이 미끄러지고 있었다. 나는 그의 '평범'이라는 세계 안에서 버틸 힘을 잃어갔다. 그는 그대로 평범의 세계로 회피함으로써 이 비범하게(?) 불행한 상황을 견디고 있었다. 불행한 현실을 바로 본다는 건 가장 먼저 고통을 맞닥뜨리는 일이니까. 충분히 고통스러웠을 그는 그래서 더욱 현실을 인정하지 않으려 발버둥 쳤다. 이혼이라는 선택지가 자신에게는 없다고, 온통 일그러진 표정으로 자꾸만 고개를 저었다.

나만큼 힘든 누군가를 곁에 두고 보는 일, 각자의 고통이 서로로 인한 것임을 확인하는 일은 정말이지 못 할 짓이었다. "우리 불행해서 다 같이 한번 죽어보자!" 하는 악다구니의 배틀. 내가 지금 딱 죽겠는데, 일단 얘랑 쟤랑 김 씨 박 씨 이 씨 최 씨 등등을 죽여야 한다는 미션 앞에 놓인 것만 같았다.

마음이 아플 때, 실제로 아스피린을 처방해 준다는 사례에 대해 들은 적이 있다. 마음의 고통이 실제 물리적인 아픔이라는 증거다. 당시의 나는, 아니 우리는 매일이 아스피린이 필요할 만큼 마음에 온통 생채기가 났던 것 같다.

원인 모를 발작적 울음을 그 후로도 몇 차례 겪어야 했다. 우리가 불행하다는 것을 그에게 인지시키는 데에 나의 에너지는 바닥이 나버렸는데, 나의 바닥났음을 견디느라 없는 에너지까지 빚처럼 끌어 써야 했다. 무릎에서 피가 싹 빠져나가는 듯한, 나라는 존재가 땅굴 파고 지하로 쑥 꺼져버리는 듯한 기분. 당시 나는 똑바로 걸을 때마저 휘청거리는 것 같았다.

나의 마흔은 다를 것이다

서로의 불행을 해결하자는 나의 외침이 그의 회피라는 거대한 벽 앞에서 번번이 좌절됐다. 나는 안으로는 그의 외면을 버티면서 밖으로는 살기 위해 움직였다. 혼자 살 집을 보러 다니기 시작했다. 이번에는 그저 돌발적 가출이 아니어야 했다. 두 번째 별거가 아닌, 이혼이라는 마침표여야 했다.

둘이서 같이 저어야 나아갈 수 있는 배 안에서 힘겹게 노를 젓는 한 명은 나였을까, 그였을까. 아니, 우리는 각자의 방향으로만 노를 젓고 있었을 뿐. 그 방향이 하필 주야장천 반대라, 한 발짝도 움직일 수 없었을 뿐. 배가 나아갈 방향을 수정할 수 없다면 결국 배에서 내리는 것만이 답이었다.

그와의 불행 배틀에서는 아무런 진전도 없이, 홀로

서기를 준비하는 데 박차를 가했다. 당시 내게는 묶여 있는 전세금 말고는 재산이라고 할 만한 게 없었다. 서울의 낯선 동네, 허름한 원룸부터 경기도 일산, 파주 등 멀리 더 먼 곳까지, 나 혼자 감당이 가능할 만한 집을 찾느라 바닥부터 샅샅이 훑어야 했다.

부모가 물려준 대단한 재산이 있지 않은 이상, 자기 밥벌이에 급급한 사회생활을 하며 홀로 살 집을 구하러 다니다 보면 알게 된다. 그보다 나의 재산 규모와 사회적 위치 등등을 투명하게 볼 수 있는 지표는 없다는 걸. 서울 한복판 아파트 단지의 삶과는 완연히 다른 환경. 서울에 고작 내 한 몸 누일 데라는 것이 이다지도 '고작'이구나, 보러 다니는 집마다 홀로서기의 현실을 여실히 맞닥뜨리게 했다. 혼자일 현실을 마주하는 건 내게 또 다른 고통이었다. 눈 딱 감고 그가 말하는 평범 속에 머물까, 잠시 흔들릴 만큼.

나는 그럴 때마다 단호해졌다. 그와 있는 집에서는 내 두 발, 그 한 뼘의 마음도 편히 딛지 못했으니까. 내 삶이 내 몫이 아니었으므로. 바깥이 아무리 또 다른 수렁일지라도 지금의 수렁에서 나를 먼저 건져내야 했다.

또다시 최악과 차악만이 남은 현실. 그러나 이번에는 최악과 차악 중 한 가지를 선택하는 것도 허락되지 않았다. 두 가지를 동시에 해내야만 다음이라는 것이 생기는 진창. '홀로' 서기 위한 함께의 결정. 내게는 혼자 살 방편을 찾는 것과 동시에, 세상에서 이혼이 가장 어려울 그와 이혼이라는 합의에 이르는 멀고도 험한 길이 기다리고 있었다. 그의 불행을 설득하고, 진창을 벗어나기 위한 행동을 이끌어내는 것. 나의 의지만으로는 때려죽여도 성사될 수 없는, 내 생애 가장 어려운 일.

그럼에도 기어코 나는 혼자 살고자 한다.

이제는 상황 핑계를 대며 대충 퉁치지 않으려 한다.

서글프고 어려워도, 어쩌면 처음으로 그런 내 삶을 온전히 맞닥뜨리려 한다.

나이의 십 자릿수가 바뀌어 가던 그 무렵, 자꾸만 이렇게 스스로 최면을 걸었다.

'나의 마흔은 다를 것이다. 달라야만 한다'고.

단 한 번의 홀로서기

처음 이사할 집을 정하고, 계약금을 치르고 돌아오던 날. 설렜고, 꼭 그만큼 겁이 났다. 없는 돈으로 그나마 마음에 차는 집을 발견한 설렘. 단 그와는 어떤 논의도 나아가지 못한 채 덜컥 해버린 계약이 어떤 후폭풍으로 몰려올지 두려웠다.

결론부터 말하자면 나는 끝내 그의 불행을 설득하지 못했다. 그에게 아무리 말을 건네도 방탄유리에다 쏘는 화살처럼 힘없이 튕겨 나왔다. 첫 번째 집 계약은 결국 무산이 됐다. 계약금도 고스란히 날렸다. 다시 두 번째 집을 얻기까지 3개월여. 수없이 그에게 대화를 청했다. 꺾일 대로 꺾인 무릎으로, 소진될 대로 소진된 에너지를 그러모아 필사적으로 매달렸건만. 우리의 불행에 대한 합의는 끝내 이뤄지지 않았다.

물리적으로 그를 내 앞에 앉혀 놓을 수가 없었다. 그의 닫힌 귀와 마음을 열기란 도무지 불가능했다. 또다시 게릴라처럼 진행될 수밖에 없는, 나의 행동으로밖에는 증명할 수 없는 작전을 수행해야 했다. 혼자 이사를 준비하는 동안 나는 무슨 정신으로 그날들을 지나왔는지 온통 흐릿하다.

그럼에도 실행해야 했다. 이번에도 엄마와 함께였다. 이번에는 캐리어가 아닌, 어엿한(?) 1톤 트럭에 짐을 실었다. 이번에는 짐 일부가 아니라 모든 옷가지와 책들, 그리고 책상 하나가 함께 실려 나왔다. 누군가에게는 고작의 짐이지만, 내게는 말 그대로 '어엿한' 이삿짐.

첫 번째 가출이 허둥지둥의 결정이었다면, 두 번째는 완전히 다른 챕터를 향한 오롯한 선택이었다. 이사 트럭의 옆자리에 타고서 남에서 북으로, 한 번도 살아본 적 없는 낯선 동네로 이동하던 날. 나는 거리의 풍경 하나하나, 낯선 동네로 올라가던 언덕의 높이, 이삿짐 인부들을 위해 샀던 빵과 음료의 종류까지 낱낱이 기억한다.

그렇게 6년을 둘로서 지냈던 집으로부터 두 번째

가출, 그러나 단 한 번의 완전한 홀로서기였다. 그날을 떠올리면 마치 처음으로 두 발을 땅에 딛는 듯한, (두 번째) 걸음마의 순간 같다. 이곳저곳으로 흩어져 유영하던 나라는 존재를 두 손에 분명히 붙들어 매고 선 기분.

그 의지가 어찌나 강렬했던지 그날의 나는 손가락 발가락 끝까지 부르르 힘을 준 채, 마치 키라도 클 수 있을 것처럼 꼿꼿하게 척추를 펴고 어깨를 펼치며 걸었던 것 같다. 여봐요, 사람들. 나 이렇게 혼자서도 잘 합니다, 온몸으로 외치듯. 부러 더욱.

많지 않은 이삿짐을 옮기고, 엄마와 짜장면을 시켜 먹고, 처음으로 내가 홀로 살 집을 쓸고 닦고 정리했다. 깊어진 밤, 엄마도 돌아간 후 내가 가지고 나온 유일한 가구인 책상 앞에 앉았다. 유난히 창이 큰, 창 너머로 산의 능선이 굽어 보이는 나의 집. 맥주 한 캔을 따서 마시며 나는, 비로소 잔뜩 긴장된 몸에 힘을 풀었던 것 같다.

아직 주문한 침대가 도착하지 않아 맨바닥에서 잠을 청했던 그 밤. 어느새 동쪽 창 너머로 솟아오르는 햇살과 함께 눈을 뜬 둘째 날 아침. 몇 년 만인지 모를 죽음같이 깊은 잠에서 깨어났던 기억이 선명하다. 고작 하룻밤을 지냈을 뿐인 이 집이 원래부터 진짜 내 집 같았다. 안락함이라는 게 쳐들어 왔다. 나는 그때 다.시. 웃었던 것 같다.

2021년 6월 27일 일기 〈**한강**〉

마지막 아침 산책을 나왔다. 다음 주면 이곳을 떠난다. 대형 아파트 단지, 집을 나서서 걸으면 5분도 채 안 돼 한강이 나타나는 곳. 아파트 복도를 나오면 강과 하늘 사이 걸린 붉은 석양이 한눈에 가득 담기는 곳. 50년 수령의 고목과 너른 풀밭이 울창한 곳.

단지 안, 물리적으로 코 닿을 거리에 삼각형으로 자리한 초, 중, 고를 다녔다. 대학 때 처음으로 그 삼각형 울타리를 벗어나 그렇게 먼 서울을, 동서로 횡단하며 내 세계는 급격히 확장됐다.

몇 년 잠시 떠났다 숙명처럼 돌아온 이곳. 고향 같은 이곳이, 구석구석 속속들이 모르는 데가 없던 이곳이, 스스로도 한 치의 의심 없이 익숙해 좋았던 이곳이, 종종 답답했고, 내내 벗어나고 싶었다. 어쩌면 이 안이 얼마나 안온한지 체감했기 때문에 더욱.

이제는 다시 돌아올 마음도, 돌아올 수도 없는 이곳을 영영 떠난다. 강 곁에 안겨 있던 삶이 산의 품을 향해 간다. 나는 이것이 '나아가는' 거라고 믿는다. 이곳에서의 다를 것이라 기대했으나 달라지지 않은 삶 때문인지, 다리에 매달리는 추처럼 힘에 부치는 시간이 지속돼서였을지, 나도 모르게 나를 자꾸 한정 짓고 있었다.

매일같이 제때 되면 찾아오는 밀물처럼 피로감을 느꼈고, 어떻게든 이 상황을 벗어나고 싶다는 바람 때문에 나를 벗어나지 못했다. 나는 여기까지인가 보다, 실망하지 않으려고 나의 자리를 눈에 보일 만큼으로 축소시켰다. 온통 불확실투성이에서 뭐라도 확실한 게 필요했고, 그게 나를 식별 가능한 알갱이로 만드는 일이었다. 부작용으로 일상은 종종 엉뚱한 곳으로 튀어 다녔고, 부끄러움도 쉽게 합리화했다.

어쩌면 실제 내 자리는 이보다 더 작을지도 모른다. 더 부끄러울지 모른다. 그런데, 그래도 상관없다는 마음이다. 상관없다고 쓰는데 진짜로 웃음이 비실 비실 났다.

이곳을 벗어나면 모든 게 잘 될 거야라는 환상보다 내가 여기에 머물러서 그래, 다 네 탓이야라는 원망이 판타지였다. 내 불행을 혼자 겪을 수 있다는 게 지금 내게는 상대적 행복이고, 지금은 그보다 막강하게 나를 나아가게 하는 힘이 없다.

"이렇게라도 하지 않으면, 바뀌는 게 없다"는 드라마 〈D.P〉 속 대사가 있다. 그러면서 그는 자신을 향해 총을 쏘고, 그의 친구는 그런 그를 비웃은 이들을 향해 총을 난사한다.

그와 그의 친구가 바랐을 변화는 이루어지지 않았을지라도. 그와 그 친구는 결단함으로써 스스로 변화했다. 그게 죽음이든 죽임이든 상관없다.

누군가는 혀를 끌끌 찰 만큼 오래 걸렸고, 훗날 돌이켜 아무것도 변하지 않을지도 모른다. 더 엉망이 될 수도, 대가를 치르게 될지도 모르지. 그런데, 그래도 상관없다.

'상관없다'라고 쓰면서 나는 다시 웃는다.

온통 모르겠음을 껴안고 떠난다, 내 발로. 이제 나

는 이것을, 정확히, '나아간다'고 쓴다.

나는 퀭한 눈을 부릅뜨고, 입술을 다시금 꼭 깨물고, 처음보다 더한 진창을 나왔다. 둘이어서 불행했던 나는, 평범이라는 세계에서 자꾸만 미끄러지던 나는, 그날을 두 발로 홀로 서는 데 기어이 '성공'한 날이라 여긴다. 행복을 위해서? 아니, 다만 나아지기 위해서. 그것으로도 완벽하게 충만했다.

끝나지 못한 이야기

그와 나의 이야기는 여기서 끝나지 못했다. 나의 재산이 여전히 그가 사는 집 전세금에 묶여 있었다. 자신의 불행을 현실로 받아들이지 않으려는 그의 의지는 힘이 셌다. 내가 짐을 뺀 후 1년이라는 시간이 더 지나고 있었음에도 내 몫으로는 한 푼의 재산도 돌려받을 수 없었다.

집을 먼저 나온 것은 나였다는 사실이 내게는 당연하게도 불리했다. 그의 말에 따르면 그는 이혼을 원치 않았고, 합의한 바도 없기 때문에. 재산 분할이 그에게는 내게 '추가적'으로 해줘야 하는 일처럼 받아들여졌다.

생활의 반경을 전혀 바꾸지 않아도 되는 그에게는 급할 것이 없었다. 매달 월세에 꼬박꼬박 대출금, 혼자서의 생활비까지 감당하는 내 생활이 옥죄어 왔을 뿐. 이제 그만 전세금을 빼서 재산 정리를 하자는 나의 요청이 몇 차례 더 벽에 가로막혔다. 다시 한번 그는 그걸 '해줄' 용의가 없었다.

정리에 대한 논의, 기간에 대한 확답도 없이 그의 '선의'만을 바라야 하는 상황. 내가 임계점으로 생각해 둔 전셋집의 재계약 시점이 또다시 다가오고 있었다. 나는 그에게 연락을 취했다. 연락이 닿지 않았다. 며칠이 지나도 문자와 전화, 모두 답이 없었다. 믿지 못했다. 근 10년간 겪은 그는 내 데이터 안에서는 이렇게까지 할 사람이 아니었다.

연락을 아무리 일방적으로 회피해 봐야, 그가 사는 곳, 그의 가족과 친구들이 한 손 뻗으면 닿을 곳에 있었다. 아무런 목적 없이 그저 피하는 것이라면, 어리석은 일이라고 생각했다. 이해할 수 없었다.

주말에는 그의 집 앞에서 연락 없는 그를 무작정 기다려도 봤다. 만나지 못했다. 쪽지도 남겨봤다. 연락은 여전히 닿지 않았다. 그에게 무슨 변고라도 생긴 게 아닐까, 덜컥 걱정될 무렵. 그의 신변에는 아무런 이상이 없었고, 그저 나의 모든 연락을 피한다는 사실을 알게 됐다. 내게 더는 어찌할 도리란 남아 있지 않았다.

결국 변호사를 찾았다. 대면으로 만나 의논할 길이 차단됐으니, 법적으로 재산 분할을 청구하는 방법이 유일했다. 지금 생각하면 우주가 도운 것이라고 할 만한 타이밍이었다. 우리는 혼인신고를 하지 않은 사실혼 관계였는데, 법에는 사실혼 관계가 해소된 지 2년이 지나면 재산 분할 청구 자체를 할 수 없도록 되어 있었다. 이걸 나는 사실혼 해소 정확히 1년 11개월 만에 변호사 사무실에서 처음 듣게 된 것이다. 적어도 청구 기한이 지나진 않았으니 다행이다. 가슴을 쓸어내리면서도 청구를 준비할 기한까지 1개월도 남지 않아 촉박한 상황. 변호사에게 나는 혼이 쏙 빠질 만큼 혼(?)이 났다. 왜 이제야 왔냐고, 한 달만 더 지났어도 한 푼도 못 받는 것은 물론, 받을 근거조차 사라진다고. 왜 이걸 알아볼 생각도 안 하고 지금까지 끌고 있었느냐고. 난감할 수밖에 없었다. 내 당장의 난감함 뒤에는 바로 이런 의문이 따라왔다.

가정폭력 등으로 도망 나와야 했을, 그래서 몇 년이고 숨어 지내지 않으면 안 될 누군가에게 2년이라는 법적 제한이란 대체 얼마나 비현실적이고 가혹한가? 나같이 폭력적인 사태 없이 이뤄진 정상적(?)인 이혼도 어느 한 명이 회피하면 2년이 이틀처럼 훽 지나가 버리건만, 과연 이 2년은 누구를 위한 기한인가?

상식적으로 용납하기에도 어려운 그 법률을 내가 알 리란 만무했고, 변호사의 말처럼 순진(?)하게 알려고도 하지 않았다는 게 현실이었다. 일방적으로 연락을 안 받는 그에 대해 변호사는 확신했다. 그는 이미 십중팔구 변호사의 조언에 따라 행동하고 있을 거라고. 2년이 지나면 재산 분할 청구 자체가 안 되는 사실을 알고, 시간을 끄는 것이라고. 이 경우, 소송밖에 답이 없다고. 설득당하지 않을 도리가 없는 정황이었다.

변호사를 찾는 보통(?) 사람들은 한결같이 절박해서다. 혼자 알아서 처리할 수 있는 일이 이미 아닐 때 사람들은 지푸라기라도 잡는 심정으로 무리한 돈을 써가며 변호사를 찾는다. 나는 준비할 시간이 없다며 의뢰인을 몰아붙인 첫 변호사와는 이 무참한 상황을 함께 헤쳐나가고 싶지 않았다. 충분히 무력했을 상황에서 비슷한 처지의 누구에게도 더한 짐이 필요한 건 아닐 테니까.

나는 없는 시간 동안 수소문을 해 두 번째 변호사를 찾았다. 그는 절박한 의뢰인의 말을 충분히 들었다. 2주가량밖에 남지 않은 재산 분할 청구 기간에 대해서도 의뢰인을 탓하지 않고, 더 나은 방안을 찾아주려 애썼다. 아무리 급해도 자신과 맞는 변호사를 끈기 있게 찾는 일이 얼마나 중요한지를 체감하며. 나는 두 번째 변호사와 함께 생전 처음으로 소송장이란 것을 작성했다. 끝을 내기 위한 끝나지 않는 과정이 시작되고 있었다.

○○○님 사.건.방

변호사와 계약 후, 일분일초가 급박하게 돌아갔다. 넉넉히 잡아도 열흘 안으로 소송을 성사시켜야 했다. 그렇게 '○○○님 사건방'이 만들어졌다. 상황의 진척을 알리고, 자료를 주고받는 등 소송에 필요한 업무를 위한 카톡방이었다.

아무리 봐도 익숙해지지 않았다. 내 이름 뒤에 붙은 '사건방[사:껀방]'이라는 단어. 누구에게 큰 피해 안 주고, 특별히 사건 사고 안 저지르고 살아온 이상 변호사를 만날 일이 있으리라고는, 그래서 내 이름이 붙은 '사건방'이 개설되리라고 누군들 쉽게 예상할 수 있을까.

나는 변호사와의 그 카톡방 이름이 뜰 때마다 물끄러미 '여긴 어디? 나는 누구?'로 아연해졌다. 어찌나 낯설던지, 울릴 때마다 매번 '사:껀방'이 아닌 '시건방'으로 읽고는 '아아 아니지 사껀방이지' 속으로 정정하는 일을 내내 반복했다. 내가 지금 사건을 치르고 있는 게 아니라 그저 좀 시건방진 거였다면 얼마나 좋았을까, 쓸데없는 회한에 잠기면서.

아무리 변호사를 고용한들, 스타트는 내가 끊어야 했다. 먼저 사실혼 관계임을 증명하는 긴 '진술서'를 쓰는 건 당사자인 내 몫. 6년의 결혼 생활, 길게는 연애를 시작한 시점부터 결혼, 이혼에 이르기까지 시간을 조목조목 되짚어 '진술'이란 걸 해야 했다.

혼인을 증명할 결혼사진, 결혼 생활을 유지했다는 것을 누가 봐도 인정할 만큼의 각종 증거를 모아야 했다. 카톡 대화 중 유의미한 언급을 찾아 캡처하고, 그의 어머니께 매달 보낸 용돈의 계좌 증거들을 모아 진술서를 구성했다. 그 시간 동안 나는 이미 빠져나왔다고 여겼던 그 진창 속으로 스스로 걸어 들어가야 했다.

나는 이 과정을 거치면서 또 한 번 겸허해졌다. 이 어려운 일을 기어코 해내다니, 더구나 밥벌이를 동시에 해내면서. 재산 분할 및 이혼 소송을 준비하는 모든 이혼인에게 경외심이 들었다. 고난을 극복하기 위해 제 발로 고난의 소용돌이 속으로 들어가 누구 탓이 더 크냐를 겨루는 소송을 준비하는 일. 아이의 양육권 문제, 엄청난 재산의 양 등이 더해진 이혼에는 얼마나 더한 시련이 있을 것인가 생각하면 절로 고개가 숙여졌다.

이 과정에서 내게 변호사가 일관되게 조언한 것은 재산 분할 요구 금액을 더 높이자는 것이었다. 변호사는 전 동거인이 지금까지 보인 행동들, 마지막에 연락을 차단한 정황을 들어 그에게서 순순한 동의를 얻어내기란 어려울 것이라고 판단했다.

나도 안다, 에누리(?) 없는 장사 없다는 원칙. 처음부터 세게 불러야 깎더라도 원하는 최소한의 금액을 확보할 수 있다는 비즈니스(?) 논리. 다 맞는 말이었다. 그를 움직이게 하면서도, 나를 보호할 만큼의 '센' 강제력이 필요하다는 것. 먼저 질러야 합의할 때 우위에 설 수 있다는 것. 내게는 그 돈이, 실은 그보다 많으면 많을수록 좋을 돈이 절실하게 필요한 것도 사실이었다. 나는 당연히 흔들렸다.

그 와중에 몇 번이고 스스로 되물었다. 내 이혼의 '목적'이 진정 '더 많은 돈'인가. 그에게서 더 많은 재산을 뜯어내는(?) 결과가 정말로 내가 바라는 바인가. 아무래도 아니었다. 사랑해서 결혼을 결심했고, 6년을 노력했지만 마음처럼 되지 않았다. 상황이 이렇게 흘러온 것에는 그와 나의 책임이 고루 기여했을 것이다. 그의 탓도, 나의 탓도 혼재돼 있을 것이다.

그런 상대에게 탓을 전가함으로써 금전적인 이득을 더 취하고 싶지 않았다. 이 소송장을 재산 증식의 기회로 여기고 싶지도 않았다. 무엇보다 싸움을 거는 모양으로 그를 자극하고 싶지 않았다. 함께여서 어려움을 이제 각자가 스스로 감당하기를 바랐을 뿐.

나는 내 입장을 고수했다. 집을 나오기 전부터 그에게 내 몫으로 일관되게 요구했던 금액 그대로. 한 푼도 더 요구하고 싶지 않음을 알렸다. 변호사는 내 진심을 받아들였다. 나의 진심에는 실은 아무런 힘이 없다는 걸, 변호사도 나도 익히 알고 있었다. 그러나 하등 힘없는 진심도 끝내 고수했을 때, 그게 누군가를 밟기 위해서가 아니라 스스로를 지키기 위해 붙들었을 때, 힘없는 진심에 문득 힘이 실리는 순간이 오기도 한다. 나는 그것을 변호사의 다음 제안을 통해 알게 됐다. 딱딱한 법적 용어로 가득한 소송장의 도입부에 추가된 다음 한 단락이 그것이었다.

“한때는 사랑해서 결혼까지 했고 함께 정을 나누며 살았던 피고에 대해 잘못을 다시 끄집어내 지리한 싸움을 이어가고 싶은 생각은 없습니다. 그러나 재산 분할에 대해 원만한 조정이 이뤄지지 않는다면 재산 분할 및 위자료 청구를 위한 모든 입증 활동을 할 수밖에 없는바, 부디 피고가 아래 내용에 대해 자신을 자극하는 것으로 오해하지 말고 원만하게 재산 분할에 대해 조정에 임해 주었으면 하는 바람입니다.”

그렇게 완성된 소송장이 그에게 우편으로 배달되었을 무렵, 연락 두절이던 그에게서 전화가 걸려 왔다.

소송장이라는 불씨

"내가 많이 미안했다."

그의 첫마디는 예상을 완전히 빗나갔다. 생전 처음으로 내 이름이 들어간 '사건방'을 마주해야 했던 나와, 생전 처음 자신의 이름 앞으로 소송장이란 걸 받아든 그가 2년여 만에 마주 앉은 날. 어떤 일이 벌어질지, 시한폭탄 같았던 그날. 그의 첫마디는 사과였다.

믿기 힘들었다. 나는 그의 화를 돋우지 않으려고 애쓰며 살았지, 그를 자극해서 내 몫을 놓칠까 봐 전전긍긍했지, 그가 내게 사과까지 한다는 건 상상조차 할 수 없었다. 아무리 상상의 영역을 넓게 잡아도 저 멀리 꽁무니조차 안 보였던 일.

"내가 왜 너한테만 그렇게 모질었을까? 다른 사람들한테는 다 좋은 사람이고자 하면서 너한테만 내가 참 모질었다."

믿을 수 없는 말들이 그에게서 흘러나왔다. 지난 6년의 결혼 기간, 그리고 헤어지고 2년이 지나는 동안 나는 무엇을 바랐던가. 이혼보다, 불행을 벗어나는 것보다 그래, 단지 이거였던 것 같다. 내가 그에게 미안했던 것만큼 그도 내게 미안했구나. 이 결혼이 이혼으로 끝맺기까지 다 내 탓만 있는 건 아니었구나. 상대의 인정을 바랐던 걸 그제야 나는 알 수 있었다. 그는 그 말을 하며 울먹였고, 나는 그의 울먹임에 목이 메였다.

"나가니까 행복해?"

헤어진 지 2년 만에 그가 내게 물었다. 그는 내 변호사의 짐작과는 달리, 다른 변호사의 조언을 들은 적이 없었다. 변호사에게 혼꾸녕(?) 나기 이전의 나처럼 '재산 분할 청구는 사실혼 파탄 이후 2년 안에만 할 수 있다'는 법률 조항에도 당연히 무지했다. 세상일이란, 사람 마음이란 역시 우리가 짐작하는 방향대로 흐르지만은 않는구나. 새삼 또 몸서리치게 깨달았다.

소송장을 두고서야 그는 그의 진심을 꺼냈다. 그는 내가 짐을 싸서 나간 것이 우리의 진짜 끝이라고 믿고 싶지 않았단다. 재산 분할을 하고 나면 정말로 이혼일까 봐 자꾸 외면했다고 했다. 내가 나간 이후로 혼자인 시간을 견디기가 힘들어 주말만 되면 어디로든 떠돌았다고 했다. 지독한 불면증에 시달렸다고 했다. 꼭 2년 전의 나처럼.

내가 변호사를 찾게 된 계기, 그의 집 앞에서 종일 그를 무작정 기다렸던 그 주말들, 끝내 닿지 않던 연락, 우연이라도 만날 수조차 없던 그 주말들을 떠올렸다. 믿지 않으면 진짜로 끝이 안 올 것처럼 2년 내내 발버둥 쳐왔을 그를 상상해 봤다. 자신의 현실을 바로 보지 않으려 했던 스스로를, 그는 이제야 마주하고 있었다.

그는 소송장을 받고서 한숨도 못 잤다고 했다. 몇 번을 읽고 또 읽으면서 화가 났다가 슬픔이 밀려왔다가 갖가지 감정에 휩싸였다고 했다.

내게 재산 분할을 해주는 대신 그 돈으로 훨씬 더 비싸고 유능한 변호사를 고용해 물고 뜯고 끝까지 싸워볼까. 수백 수천 번을 오갔다고 했다. 그런 그를 끝까지 붙들어 맨 한 가지가 있었다. 우리가 소송장에 마지막으로 추가해 넣은 바로 그 한 단락.

"한때는 사랑해서 결혼까지 했고 함께 정을 나누며 살았던 피고에 대해 잘못을 다시 끄집어내 지리한 싸움을 이어가고 싶은 생각은 없습니다. 그러나 재산 분할에 대해 원만한 조정이 이뤄지지 않는다면 재산 분할 및 위자료 청구를 위한 모든 입증 활동을 할 수밖에 없는바, 부디 피고가 아래 내용에 대해 자신을 자극하는 것으로 오해하지 말고 원만하게 재산 분할에 대해 조정에 임해 주었으면 하는 바람입니다."

이 문장들이 그를 제정신으로 돌려세웠다고 했다. 그러고는 단박에 나를 만나지 않으면 안 되겠다는 마음이 들었다고 했다. 그러고는 예전과 같은 목소리로, 아니 조금은 떨리고 한숨 섞인 목소리로, 다정하고 슬프게 내 이름을 불렀다.

우리가 함께일 때조차 내 앞에 그를 앉히기가, 마음을 터놓기가 그토록 힘들었었다. 그 앞에서는 왠지 겁이 나 자꾸 한 발 물러서던 나는, 그를 화나게 하지 않으려 온통 조심스럽던 나는, 처음으로 나의 두려움보다 큰 그의 절박함을 봤다. 이제야 내게 온 마음과 온 귀를 열어젖힌 그를 마주했다. 안타까움, 안쓰러움 같은 감정이 밀물처럼 밀려왔다. 두려움, 죄책감, 회한이 썰물처럼 빠져나가는 것 같았다.

이혼, 그 소란한 밤을 지나

"나가니까 행복해?"

다시 한번 그에게서 같은 질문이 돌아왔다. 나는 또다시 선뜻 답할 수가 없었다. 그의 행복이란 여전히 그의 평범 속에 있을 것이고, 그의 평범이란 나의 평범과는 다른 곳에 위치할 것이므로. 나의 언어로는 그가 말하는 행복을 설득할 수 없다는 사실을 지난 10년이라는 시간 동안 체감했으므로. 나는 꽤 긴 침묵 끝에 입을 뗐던 것 같다.

"나는 행복하려고 나간 게 아니야."

나는 설득의 의도 없이 그저 나의 언어로 또박또박

건넸다. 어쩌면 결혼 내내 잃어갔던 나의 말로.

다만 그때보다 나아지고 싶었고, 지금 나는 나아지는 과정 안에 있다고 말했다. 너도 분명히 나아질 수 있다고, 네가 나쁜 사람이어서 나는 너와 헤어진 것이 아니라고. 우리가 함께여서 불행했지, 너는 너로서 충분히 좋은 사람이라고. 너는 지금보다 훨씬 더 좋은 날들을 맞이할 수 있는 사람이라고, 나는 믿는다고 말했다. 진심이었다.

"네가 어른이다. 나보다 훨씬."

결혼 내내 나의 말들은 말뿐이라는 박스 안에 가둬졌었다. 어떤 절박한 말들도 그의 침묵이라는 벽에 튕겨 나왔다. 그러면서 우리 사이에 대화가 사라져 갔었다. 그런데 이제야. 결혼 6년과 이혼 2년, 총 8년 만에 소송장이란 걸 사이에 두고서야. 그와 나는 얼굴을 마주하고 대화다운 대화를 하고 있었다. 사람 취급하지 못했던 우리는 그제야 서로의 존재를 오롯이 존중하며 눈을 맞추고 있었다. 서로의 세계로 겨루지 않고, 나의 말을 비로소 제.대.로. 그가 듣고 있었다.

그날의 만남으로 우리는 비로소 이별에 합의했다. 그는 내가 요구한 내 몫의 재산을 그대로 받아들였고. 일정 기간 어떻게 얼마큼을 전달하겠다는 약속을 법적 근거로 만드는 데까지 합의했다.

주변 누구에게도 심지어 가족에게조차 우리의 상황을 철저히 숨겨왔던 그는 이제 현실을 회피하지 않고 주변에 알리기까지 이르렀다. 그는 그의 불행을 정면으로 마주하고 있다. 그는 이후 약속한 날짜에 꼬박꼬박 송금한다. 그와 나는 여전히 넷플릭스 아이디를 공유하고 있고, 가끔 밥 한 끼 하자며 안부를 물어온다.

나는 온통 안개 속이던 이혼이 이제는 손에 잡힐 만큼 투명해진 것에 무엇보다 안도한다. 이혼 2년이 다 되도록 해결하지 못한 재산 분할에 대해 묻는 주변 사람들에게 구구절절 설명하며 절망에 휩싸이던 날들. 그냥 길을 걷다가도, 사이클을 타면서도, 아무리 힘껏 페달을 밟아도 나아가지 않는 현실 때문에 눈물을 터뜨렸던 날들이 이제는 지나가고 있다.

대출 이자는 치솟았고, 나는 이자 갚는 데 여전히 아등바등 힘에 부치며 살아간다. 나는 다만 서로의 불행을 떠안고, 상대에게 총구를 겨눈 채 상처 주고 상처받기를 더 이상 하지 않을 수 있음에 안도한다. 그의 불행에서 내 지분이 조금씩 덜어지고 있다는 사실에 안락하다.

결혼이라는 선택에 실패란 없고, 다만 행과 불행의 교차가 있다는 것. 이혼은 결혼이라는 전제가 있기에 성립 가능한 결과이지만, 결혼의 실패가 곧바로 이혼이 아니라는 것도 이제는 안다. 죽음이 곧 삶의 실패가 아니듯. 삶의 끝이 언제 어떤 모습으로 찾아올지 아무도 확신할 수 없듯이 결혼과 이혼도 그렇다. 오늘도 하루하루는 이어질 뿐.

결혼이라는 선택에서 어려움을 겪고 있다면, 이혼은 그에 대한 수많은 해결책 중 하나일 뿐이다. 나는 결혼이라는 선택을 실현하는 데에 성공했고, 이혼이라는 해결책을 현실화하는 데에 성공했다. 결혼은 나를 가장 무력하게 만들었고, 이혼은 그 어떤 것보다 달성하기 어려운 미션이었다는 사실에는 변함이 없지만. 그렇다고 결혼을 후회하지도, 또 이혼 후에는 무조건 더 나은 미래가 올 거라 믿지도 않는다.

앞으로 이혼보다 아픈 일은 없을 거라고 장담할 수 없고. 이제 더는 두렵지 않다고도 말하지 않는다. 대신 두려운 것은 두려운 채로 마주하려 한다. 이혼이라는 경험을 통해 나는 다른 어떤 경험에도 경중을 재는 것이 부질없다는 것을 배웠다. 내 경험이 (아직) 이혼 안 한 많은 이들의 경험보다 불행하고 힘들었다고도 생각하지 않는다.

다만 이제는 아무리 피하려고 해봐야 소용없는 고통이 있음을 안다. 두려워도 마주하는 용기를 연습한 것도 같다.

혼자라서 행복한가. 글쎄. 아니면 불행한가. 그것도 글쎄. 함께일 때 자주 불행하고, 반짝 행복했고, 또 그보다 훨씬 더 숱한 날을 그럭저럭 살아왔듯. 지금도 혼자여서 신나고 또 외롭다. 행복하고 불행했다, 그보다 더 많은 날을 그냥저냥 살아간다. 다만 내 인생에 이는 수많은 파고에 대해 이제 누구의 잘잘못이니 따질 일이 줄었고, 내가 나를 감당하며 꾸역꾸역 살아간다.

주변을 둘러본다. 내 곁에는 여전히 나의 안온을 바라는 부모와 형제자매, 친구와 지인들이 있다.

소란했던 밤들을 지나, 나는 지금 꽤 원만하다.

그것으로 됐다.

잔나비를 듣다 울었다

초판 1쇄 발행 2025년 2월 10일

지은이 정은영 생경 성영주
펴낸이 안지선

사진 정은영
디자인 이수경
교정 신정진
마케팅 타인의취향 김경민·김나영·윤여준
경영지원 강미연

펴낸곳 (주)몽스북
출판등록 2018년 10월 22일 제2018-000212호
주소 서울시 강남구 학동로4길15 724
이메일 monsbook33@gmail.com

ISBN 979-11-91401-89-9 03810

(주)몽스북은 생활 철학, 미식, 환경, 디자인, 리빙 등 일상의 의미와
라이프스타일의 가치를 담은 창작물을 소개합니다.